KB017516

근대의 초상

근대의 초상

김인환
에세이

ㄴㄴ ㄴ ㄷㄴ

머리말

문학에는 굿과 노래와 이야기라는 세 갈래가 있습니다. 지은 이야기인 소설과 겪은 이야기인 수필을 구별하여 문학을 연극과 시와 소설과 수필이라는 네 갈래로 나누기도 합니다. 연극은 굿이라고 할 수 있지만 연극의 대본인 극본은 이야기에 속하는 마주이야기라고 할 수도 있습니다. 읽는 사람에게는 소설을 읽는 것과 극본을 읽는 것이 크게 다르지 않을 것입니다. 그래서 굿으로서의 연극은 연극영화과에서 다루고 마주이야기로서의 극본은 국어국문학과에서 다루는 것입니다. 저는 고려대학교 국어국문학과에서 30년 동안 비평론과 문학사를 가르쳤습니다. 비평론 시간에는 먼저 노래와 이야기의 기본 개념을 가르치고 실제 비평을 연습하는 순서로 강의했습니다. 노래의 기본 개념은 가락과 말꽃입니다. 노래를 소리 내어 읽어보면 소리걸음이 드러납니다. "산에는 꽃 피네 꽃이 피네"와 같은 세 걸음 가락도 있고 "울어 피를 뱉고 뱉은 피 도로 삼켜"와 같은 네 걸음 가락도 있고 세 걸음과 네 걸음이 섞인 가락도 있습니다. 또 노래에는 "꽃도 귀향 사는 곳"이나 "강철로 된 무지개"와 같이 읽는 사람의 눈길을 끄는 말꽃이 들어 있습니다. 노래와 놀이는 서로 통하는 말입니다. 아마 노래가 놀이에서 왔겠지요. 노래가 말놀이라면 굿은 춤놀이입니다. 그래서인지 극본은 이야기이면서도 예사 줄글과 다르게 노래처럼 예사롭지 않은 말꽃을 많이 사용합니다. 이야기에는 뼈와 살이 있는데 뼈를 얼개라고 하고 살을 글몸이라고 합니다. 이야기는 시작과 중간과 끝으로 얽어져 있습니다. 그래서 우리는 이야기를 세 개의 문장으로 간추릴 수 있습니다. 그러나 이야기를 이야기답게 하는 것은 글몸입니다. 사람의 생김새를 알아보려면 골격만 보아서는 안 되고 몸의 구석구석을 다 보아야 합니다. 극본인 마주이야기는 화자가 없어도 되지만 보통 이야기에는 이야기하는 사람이 있게 마련입니다. 권투시합을 볼 때 어느 한 선수의 입장에서 경기를 관람할 수도 있고 어느 한쪽에 서지 않고 선수들의 행동 하나하나를 주의 깊게 응시하면서 관람할 수도 있고 선수들의 행동 하나하나에 주석을 달아가며 관람할 수도 있습니다. 이야기를 하는 사람의 눈길도 인물의 시각을 반영하는 시선일 수도 있고 판단을 중지하고 인물들을 중립 위치에서 관찰하는 시선일 수도 있고 인물들에 관해서 전지적 주석을 붙이는 시선일 수도 있습니다. 눈길도 이야기의 기본 개념들 가운데 하나입니다.

겪은 이야기에는 내가 겪은 이야기인 수필과 우리가 겪은 이야기인 역사와 나라든가 우리라든가 하고 꼭 집어 말하기 어려운 차원에서 사람이 겪는 이야기라고 할 수 있는 철학이 있습니다. 언어의 맞고 틀림에 대해 이야기하는 철학이 논리학이고 행동의 옳고 그름을 이야기하는 철학이 윤리학입니다. 근친상간이 금지되면서 짐승과 사람이 다른 길을 걷게 되었습니다. 근친상간의 금지는 여자의 교환과 같은 말입니다. 우리집 여자를 다른 집에 보내고 다른 집 여자를 우리집으로 데려오게 되면 서로 해치지 말고 함께 살자고 하는 약속의 범위가 넓어집니다. 여자를 보낸 집 사람들과 여자를 데려온 집 사람들이 서로 해치지 말고 함께 살자는 약속을 하게 됩니다. 아힘사(불살생)는 인류의 탄생과 함께 시작된 윤리입니다. 해치지 말자는 약속의 범위가 한 집안에서 두 집안으로, 두 집안에서 세 집안으로 점차 넓어져온 것이 인류의 역사입니다. 부처님은 아힘사를 지구 단위를 넘어 우주 단위로 확대하셨습니다. 인간에게 아힘사는 미래의 윤리이기도 합니다. 종교는 윤리를 하느님의 분부라고 설명하고 정신분석은 윤리를 사람의 약속이라고 설명합니다. 정신분석의 핵심은 비신화화에 있습니다. 약속을 하려면 말이 있어야 합니다. 인간에게 언어는 생활의 연모입니다. 해치지 않겠다는 약속이 통하려면 언어와 행동이 일치해야 합니다. 사실에 맞고 앞뒤가 맞는 언어라야 실행할 수 있는 약속이 됩니다. 언행이 일치하는 사람을 참된 사람, 정직한 사람, 믿을 수 있는 사람이라고 합니다. 논리학의 방법은 언어분석이지만 논리학의 목적은 언행일치에 있습니다.

20세기에 들어와서 논리학은 비약적으로 쇄신되었습니다. 칸토어의 집합론은 수학의 논리학이며 후설의 현상학은 철학의 논리학입니다. 집합론이 수학기초론이라면 현상학은 철학기초론입니다. 비평론을 가르치는 동안 저는 집합론 책과 현상학 책을 학생들에게 읽히려고 하였으나 친절하고 균형 있는 우리말 책을 정년(2011)이 될 때까지 끝내 찾지 못하였습니다. 현상학은 대상의 의미를 발견하는 방법입니다. 그러므로 비평가는 모두 현상학자라고 할 수 있습니다. 하나의 대상은 여러 가지 서로 다른 현상으로 나타납니다. 대상을 원상이라고 하고 현상을 모상이라고 한다면 하나의 원상은 여러 개의 모상을 가지고 있다고 할 수 있습니다. 현상학은 이렇게 관찰할 수 있는 모상을 넘어서 자유롭게 수많은 모상을 만들어보는 데서 시작합니다. 스스로 생각하고 남들에게 묻고 해서 더는 못하겠을 때까지 모상을 만들어본 후에 그 모상들을 포개면 겹쳐지는 형상이 나타납니다. 이러한 공통 형상이 대상의 본질이 되고 현상학의 재료가 됩니다. 현상에서 본질을 구성하는 연구가 경험의 단계이고 외면화의 과정입니다. 내면화의 과정은 먼저 공통 형상의 경험적 연관성을 배제하는 데서 시작합니다. 모든 판단을 중지하고 이미 알려진 모든 지식과 미리 알고 있는 모든 개념을 철저하게 끊어내면서 의식 안에서 새로운 의미가 구성될 때까지 완강하게 기다리는 선험적 단계의 내면화 과정을 현상학적 환원이라고 합니다. 이렇게 발견된 새로운 의미의 대표적인 사례가 피타고라스의 정리입니다. 의미를 구성하는 선험적 의식은 개인의 의식과 인류의 의식이 서로 통해서 작용하고 있는 상호주관이기 때문에 새로운 의미는 보편적 의미가 됩니다. 현상학을 통해서 논리와 윤리가 전보다 더 새롭고 보편적인 의미로 심화되고 확대될 수 있습니다. 새로운 의미라고 해서 다 피타고라스의 정리처럼 좋은 것은 아닙니다. 사람들은 대체로 새로운 의미를 거북하고 불편하게 생각합니다. 그러나 비평가는 작품의 새로운 의미를 발견하는 사람이니 좋건 싫건 현상학자가 될 수밖에 없습니다.

비평론 강의의 마지막 한 주일에는 강의가 있는 그해에 나온 시집들 가운데 몇 수의 시를 골라서 학생들과 함께 분석해보았습니다. 시를 읽고 처음엔 시가 아니라 시와 관련된 자기 자신의 경험을 이야기하게 했습니다. 시의 내용을 학생들 자신의 경험에 비추어 이야기하게 한 다음에 시의 표현에 대해서 학생들이 질문하게 하고 학생들이 대답하게 했습니다. 학생들의 절반 이상이 시의 가락과 말꽃을 스스로 이해하고 시의 의미를 새롭게 뜯어 읽을 수 있게 될 때쯤 한 학기 강의가 끝납니다. 강의실을 나오기 직전에 저는 엉터리 칠언절구로 학기 강의를 휘갑했습니다.

자본론정신분석
한문영어독불일
판본평전문학사
항불망집중세부

굳이 한자로 쓰지 않아도 의미를 짐작하는 데는 지장이 없을 것입니다. "자본론과 정신분석을 공부해야 한다. 한문과 영어를 모르면 국문학을 공부할 수 없고 번역서를 읽더라도 독일어와 프랑스어와 일본어를 알아야 내용을 알 수 있을 것이다. 문학 공부는 사전과 문법책을 가지고 하는 판본 연구에서 시작하여 작가의 작품 전체를 생애와 대비하여 해석하는 평전 연구를 거쳐서 문학사 연구에서 끝나는 것이다. 한국에는 슈바이처의 『바흐 평전』 같은 좋은 평전이 너무 적다. 정신분석은 평전 연구에 필요하고 자본론은 문학사 공부에 필요하다. 공부는 대충 하면 안 되고 항상 세부에 집중해야 한다." 이런 이야기를 30년 동안 매년 했어도 한문이나 일어를 공부하는 학생은 더러 보았으나 독일어와 프랑스어를 공부하는 학생은 끝내 보지 못했고 융이나 라캉을 공부하는 학생은 더러 보았으나 자본론을 읽는 학생은 끝내 보지 못했습니다. 정년하고 10여 년이 지나서 교수 시절 일은 다 잊고 있었는데 올해 설에 "선생님의 문학사를 다 읽어도 자본론을 공부해야 하는 이유를 알 수 없었습니다"라는 편지를 받았습니다. 예전 학생들에게 미안하다는 뜻을 전하기 위해서라도 무슨 변명이 있어야겠다는 생각이 들어서 서둘러 한 권의 작은 책을 얽어보았습니다.

2023년 8월

일훈(一薰) 삼가

차 례

어긋남의 체계

우리는 국민소득을 지표로 사용하여 한 나라의 경제 수준을 측정합니다. 국민소득은 한 나라의 경제를 평가하는 성적표라고 할 수 있습니다. 1년 동안 한 나라 안에서 생산된 재화와 서비스의 가격을 더한 것을 국내총생산이라고 합니다. 국내총생산에는 그 나라에서 영업하는 외국 기업이 생산한 상품의 가격도 포함됩니다. 상품의 가격을 모두 더하면 그 상품을 만드는 데 들어간 중간 투입물의 가격이 중복해서 계산됩니다. 그 중간 투입물을 만드는 공장에서도 어떤 원재료를 사용해서 중간에 투입되는 상품을 만들었을 것이므로 중간 투입물의 가격에 원재료의 가격이 중복해서 계산됩니다. 원재료나 중간 투입물의 가격을 빼고 그해에 새로 추가된 부가가치만을 합하면 최종적인 용도로 사용되는 재화와 서비스의 가격을 더한 금액이 됩니다. 국내총생산은 최종재들의 가격을 합한 액수입니다. 국민소득은 그 나라 국민이 일정 기간(1년)에 벌어들인 소득의 합계입니다. 외국 기업이 생산한 상품을 제외하고 생산 주체의 국적을 기준으로 최종재의 가격을 합산한 것입니다. 국민소득은 한 나라의 생활수준을 판단하는 척도가 됩니다. 우리는 국민소득을 세 가지 방법으로 계산할 수 있습니다. 첫째, 기업이 노동자를 고용하고 돈과 토지를 빌려 생산한 부가가치를 더하는 방법입니다. 둘째, 노동자의 임금과 기업이 빌린 돈에 대한 이자와 토지에 대한 임료와 기업 자신의 몫인 이윤을 더하는 방법입니다. 셋째, 가계의 소비지출과 정부의 재정지출과 기업의 투자지출을 더하는 방법입니다. 개인소득은 물건을 구입하는 소비와 은행에 예금하는 저축과 증권이나 채권이나 부동산을 사는 투자로 구성되어 있지만, 국민소득은 가계와 정부가 지출한 소비와 그렇게 지출하고 남겨놓은 저축으로 구성되어 있습니다. 기업은 저축된 돈을 사용하여 공장을 짓고 기계 시설을 마련하고 노동자를 고용합니다. 개인이 부동산을 사는 것은 나라 경제에서 볼 때 투자가 아니라 소비입니다. 1인당 국민소득을 측정할 때는 당해 연도의 가격으로 계산하지만, 경제성장률을 측정할 때는 국민소득을 그해의 가격이 아니라 기준연도의 가격으로 계산합니다. 분명하고 확실하게 파악하기 어려운 사채 거래와 마약 거래와 밀수 교역 같은 지하경제가 포함되어 있지 않으므로 한 나라의 실제 경제 수준은 국민소득보다 높을 수도 있고 낮을 수도 있습니다.

기업은 상품을 구입하여 상품을 생산합니다. 모든 상품에는 생산요소로 중간에 투입되는 상품이 들어 있습니다. 기업은 상품으로 상품을 생산합니다. 기업의 생산 활동은 잠시도 쉬지 않고 계속되고 있습니다. 중간 투입 상품을 최종 판매 상품으로 변형하는 생산 과정은 동시에 싸게 사서 비싸게 파는 판매 과정이 됩니다. 상품이 나가고 화폐가 들어오는 거래 활동도 끊임없이 반복됩니다. 기업은 노동력과 생산수단에 지출되는 비용을 줄여서 지출된 화폐보다 더 많은 화폐를 획득하려고 노력합니다. 기업의 목적은 생산 비용과 판매 수익의 차이를 조금이라도 더 크게 하는 데 있습니다. 생산 과정은 상품으로 상품을 만드는 과정이면서 동시에 화폐로 화폐를 증식하는 과정입니다. 『자본론』에서는 기계설비와 원재료에 들어가는 비용을 불변자본이라고 하고 노동력을 구매하는 데 들어가는 비용을 가변자본이라고 하고 상품을 생산하는 비용과 판매 수익의 차이를 잉여가치라고 했습니다. 잉여가치를 생산 비용(불변자본+가변자본)으로 나누면 이윤이 되고 잉여가치를 가변자본으로 나누면 잉여가치율이 됩니다. 생산량을 노동자 수로 나눈 노동생산성이 계산하기는 쉽지만 나라나 기업의 실제 사정을 알아보는 데는 잉여가치율이 노동생산성보다 더 효과적인 지표가 될 것입니다. 기계설비와 같은 생산수단은 한번 투자되면 일정한 기간 동안 장기적으로 사용할 수 있으므로 단지 그해에 소모된 가격(기계설비 비용을 기계 사용 연수로 나눈 금액)만 그해의 생산 비용으로 계산합니다. 기계와 원료는 그것들에 지출한 비용만큼만 생산에 기여하는 데 비하여 노동자는 받은 돈보다 더 많이 생산에 기여한다는 의미에서 기계와 원료를 불변자본이라고 하고 노동력을 가변자본이라고 했는데 『자본론』의 그런 설명을 무시하더라도 물건인 기계와 원료를 불변자본이라고 하고 살아서 움직이는 노동자의 노동력을 가변자본이라고 한 개념 규정은 그럴듯한 구별이라고 하겠습니다.

『자본론』은 한 나라의 경제 수준과 경제 성장을 국민소득 계산과 다른 방법으로 측정했습니다. 상품이 판매되자마자 투자된 화폐보다 많은 양의 화폐가 들어옵니다. 기업가는 수익과 비용의 차액 가운데 일부를 기업가의 개인적인 소비에 사용하고 나머지를 고용 증대나 설비 확충에 사용합니다. 추가 투자를 불변자본과 가변자본에 보태면 생산이 확대됩니다. 근대사회의 전형적인 생산 형태는 추가 투자가 반복되는 확대재생산입니다. 추가 투자 없이 일정한 규모의 설비와 일정한 수효의 노동력으로 같은 분량의 상품을 반복해서 생산하는 단순재생산은 확대재생산을 설명하기 위하여 구성한 비현실적인 모델입니다. 인간은 소비를 하지 않으면 생존할 수 없습니다. 소비를 멈출 수 없기 때문에 생산도 멈출 수 없습니다. 상품이 생산되지 않으면 돈이 있어도 상품을 구할 수 없게 될 것이기 때문입니다. 재화와 서비스가 재생산되어야 할 뿐 아니라 재화와 서비스를 생산하는 기계와 노동력도 계속해서 재생산되어야 합니다. 기계의 수명이 10년이라면 기계 가격의 10퍼센트가 매년 적립되어야 10년 후에 새 기계를 살 수 있습니다. 노동자가 의식주를 해결하여 생산을 계속하는 것도 노동력의 재생산이고 늙은 노동자가 물러나고 젊은 노동자가 들어오는 것도 노동력의 재생산입니다. 노동자에게 영양과 휴식을 보장해주지 않으면 노동력의 재생산에 지장을 초래하게 될 것입니다. 잉여가치가 화폐로 현실화되자마자 기업은 생산 과정에서 소모된 만큼 생산수단(기계설비와 노동력)을 구입합니다. 노동력을 제외하고 기계와 원료와 보조 원료만을 가리킬 때에는 노동수단이라고 합니다. 기계의 수명이 다 됐을 때 새 기계로 대체하기 위한 기금도 매년 일정한 금액을 따로 비축해두어야 합니다. 노동자는 임금으로 생활수단을 구매합니다. 기업가에게 기계와 노동력이 생산수단이듯이 노동자에게는 생활수단이 노동력이라는 생산요소를 재생산하는 데 사용하는 생산수단입니다. 기계설비와 천연자원 같은 생산수단이 재생산되고 옷과 밥과 집 같은 생활수단이 재생산되고 노동력이 재생산되지 않으면 어떤 사회도 존속될 수 없습니다. 현실화된 잉여가치의 전체가 자본가에 의해 개인적으로 소비된다면 재생산 과정은 같은 규모로 그 자체를 반복하는 단순재생산이 됩니다. 잉여가치 가운데 어떤 부분이 기업가의 개인적 소비로 지출되기는 하나 다른 부분은 사정에 따라 길고 짧은 차이는 있겠지만 얼마 동안 기금의 형태로 축적되어 있다가 추가 투자로 변형되게 마련입니다. 기계설비를 추가로 확대하고 천연자원을 추가로 확보했다 하더라도 노동력을 추가로 고용하지 못하면 확대재생산이 곤란하게 됩니다. 기업은 자본-노동 비율에 대해서 고심하지 않을 수 없습니다. 여기서 자본이라고 한 것은 불변자본을 말하고 노동이라고 한 것은 가변자본을 말합니다. 노동자 1인당 기계 사용량인 자본장비율도 비슷한 지표이지만 불변자본에는 기계뿐 아니라 원료도 들어가므로 자본-노동 비율은 자본장비율보다 좀더 넓은 개념입니다. 일반적으로, 생산기술의 혁신에 따르는 노동생산성의 향상은 기계와 연장 같은 생산수단의 확대된 사용뿐 아니라, 천연자원과 인공 합성 원료와 같은 다른 생산수단의 증가된 사용에도 관련됩니다. 자본-노동 비율은 노동력에 대한 물질적 생산수단의 양적 비율입니다. 불변자본을 가변자본으로 나눈 자본-노동 비율을 자본의 기술적 구성이라고 하고 자본-노동 비율의 변화를 자본의 유기적 구성의 고도화라고 합니다. 유기적이라는 말은 생명체처럼 살아서 움직인다는 의미를 함축하고 있습니다. 기술적 구성은 정태적인 개념이고 유기적 구성은 동태적인 개념입니다. 자본의 기술적 구성은 불변자본을 가변자본으로 나눈 수치가 되며 유기적 구성의 변화 또는 유기적 구성의 고도화는 당해 연도의 자본-노동 비율을 기준연도의 자본-노동 비율로 나눈 수치가 됩니다. 확대재생산 과정에서 유기적 구성의 변화값은 0보다 큽니다. 자본의 유기적 구성은 기술 수준의 변화를 나타내는 지표가 될 뿐 아니라 계급투쟁의 강도를 측정하는 기준이 되기도 하고 좌우 대립의 양상을 해석하는 척도가 되기도 합니다. 문제는 기술 수준이 끊임없이 변화하고 있기 때문에 나라 경제의 균형 조건을 계산하기 어렵다는 데 있습니다. 기술적 구성만 고려하여 계산한 결과는 사실과 맞지 않게 됩니다. 과거를 평가하는 경우에는 유기적 구성을 고려할 수 있으나 미래에 대한 예측은 기술 수준의 변화를 미리 알 수 없기 때문에 어긋나기 쉬운 것입니다. 중국은 말할 것도 없고 세계 최고의 경제학자들이 다 모여 있는 미국이 계속해서 경제 위기를 겪고 있는 것을 보면 현상 분석의 어려움을 짐작할 수 있습니다.

지역에 따라 또 시대에 따라 한 사회가 필요로 하는 상품의 종류는 매우 다양합니다. 다양한 상품을 생산재와 소비재로 나누어 생각하는 것이 재생산 과정을 이해하는 데 편리합니다. 소비재는 노동자와 기업가의 개인적인 생활에 소비되는 상품이고 생산재는 생산재와 소비재를 생산하는 데 사용되는 상품입니다. 한 나라의 기업들은 생산재를 생산하는 부문이거나 소비재를 생산하는 부문이거나 두 부문 가운데 하나에 귀속됩니다. 이 두 생산 부문은 각각 생산재와 소비재의 노동력을 고용하여 생산에 필요한 생산수단을 가동합니다.

총 사회자본이 화폐 가치로 9000을 생산하는데, 그 가운데 6000은 생산재의 형태로, 3000은 소비재의 형태로 생산할 때 잉여가치를 가변자본으로 나눈 잉여가치율이 100퍼센트라고 하고 기계(*C*)와 임금(*V*)과 잉여가치(*S*)의 구성이 다음과 같다고 하면 단순재생산의 경우에 생산재 생산 부문(Ⅰ부문)의 임금과 잉여가치의 합계가 소비재 생산 부문(Ⅱ부문)의 불변자본과 같아야 재생산이 균형 있게 계속될 수 있습니다.

Ⅰ. $6000 = 4000C + 1000V + 1000S$

Ⅱ. $3000 = 2000C + 500V + 500S$

불변자본은 생산수단과 천연자원을 비롯해서 기업이 지출하는 임금 이외의 모든 비용을 포함하지만 불변자본을 대표하는 것은 기계입니다. 가변자본에서 가변(variable)이란 말은 기계와 대조되는 노동력의 특징을 가리킵니다. 화폐 가치로 본다면 가변자본과 임금은 같은 말이지요. Ⅰ부문은 불변자본 즉 기계를 만듭니다. Ⅰ부문 안에서 사고파는 기계들은 Ⅰ부문 안에 남아 있습니다. Ⅱ부문도 소비재를 생산하려면 기계가 있어야 하므로 Ⅰ부문에서 기계를 사야 합니다. Ⅰ부문은 기계의 공급자가 되고 Ⅱ부문은 기계의 수요자가 됩니다. 다시 말해서 Ⅰ부문은 생산재의 공급자가 되고 Ⅱ부문은 생산재의 수요자가 됩니다. 단순재생산의 경우 노동자는 임금을 생활에 필요한 소비재에 모두 지출하고 기업가도 잉여가치를 필요로 하는 소비재에 모두 지출하므로 Ⅰ부문의 임금과 잉여가치의 합계는 화폐 가치로 계산할 때 Ⅱ부문이 Ⅰ부문에서 기계를 공급받고 대신 Ⅰ부문에 공급한 소비재의 합계와 동일합니다. Ⅱ부문은 각종 소비재를 만듭니다. Ⅱ부문 안에서 사고파는 소비재들은 Ⅱ부문 안에 남아 있습니다. Ⅱ부문이 Ⅰ부문에서 기계를 사듯이 Ⅰ부문은 Ⅱ부문에서 기업가와 노동자에게 필요한 소비재를 삽니다. Ⅰ부문은 소비재의 수요자가 되고 Ⅱ부문은 소비재의 공급자가 됩니다.

『자본론』에는 공장이나 기계 같은 고정불변자본과 원료나 보조원료 같은 유동불변자본의 다양한 결합 양상에 대하여 복잡하게 서술되어 있으나 고정불변자본, 특히 그중에서도 기계만 불변자본으로 간주하여 계산한다면 재생산은 Ⅰ부문이 올해 기계를 몇 대 만들어 Ⅱ부문에 몇 대를 팔았느냐 하는 질문으로 요약됩니다. 생산재 생산부문에서 몇 대의 기계를 만들어 소비재 생산부문에서 몇 대의 기계를 판매했는가 하는 문제가 되는 것입니다. Ⅱ부문에 팔고 남은 기계들은 Ⅰ부문 내에 존재합니다. 생산재 생산부문 안에서 서로 사고 판 기계들은 생산재 생산 부문 안에서 서로 자리를 바꾼 것입니다.

Ⅰ부문에서 2000(1000V+1000S)은 Ⅰ부문의 기업가와 같은 부문의 노동자에 의해 소비됩니다. 이 2000은 화폐 가치로 표시되어 있지만 실제로 재생산 과정에서 Ⅱ부문과 교환되는 것은 소비재라는 상품입니다. Ⅱ부문의 2000도 화폐 가치(2000C)로 표시되어 있지만 실제로는 기계라는 물리적 형태의 생산수단입니다. Ⅰ부문이 Ⅱ부문에서 공급받은 소비재(1000V+1000S)와 Ⅰ부문

이 Ⅱ부문에 공급한 생산재(2000C)의 동등한 교환이 이루어지면 한 사회는 같은 규모의 생산을 반복할 수 있습니다.

Ⅰ. $4000c + 1000v$

Ⅱ. $2000c + 500v$

단순 재생산의 기본 조건은 Ⅰ부문의 가변자본 더하기 잉여가치가 Ⅱ부문의 불변자본과 같아야 한다는 것입니다. 이 균형 조건을 Ⅰ$(V+S)$ = ⅡC라는 식으로 정리할 수 있습니다. Ⅰ부문의 불변자본 4000C는 같은 부문 안에서 교환되고 분배되어 사용되는 생산수단을 나타내고 Ⅱ부문의 $500V+500S$는 같은 부문의 노동자와 기업가가 소비하는 소비재를 나타냅니다.

두 부문에서 잉여가치 가운데 일부를 각 부문의 불변자본과 가변자본에 추가하는 확대재생산의 경우에는 Ⅰ$(V+S)$가 ⅡC보다 커야 합니다. Ⅰ부문의 가변자본과 잉여가치가 Ⅱ부문의 불변자본보다 크면 생산 규모가 매년 확대됩니다. 예를 들어, 8250의 총산출이 다음과 같은 가치 구성($1000+1000>1500$)으로 두 부문에서 생산되면 생산 규모가 확대됩니다. 단순재생산의 경우와 동일하게 불변자본을 가변자본의 네 배($1000 \times 4 = 4000$, $375 \times 4 = 1500$)로 계산하겠습니다. Ⅰ부문의 $1000V + 1000S$가 Ⅱ부문의 $1500C$보다 크기 때문에 Ⅰ부문에 500이 축적을 위한 여분으로 남겨집니다.

$$\begin{aligned} &\text{I}.\ 6000 = 4000C + 1000V + 1000S \\ &\qquad\qquad\qquad\qquad\qquad = 8250 \\ &\text{II}.\ 2250 = 1500C + 375V + 375S \end{aligned}$$

Ⅰ부문에서 잉여가치의 절반인 500이 4:1의 자본 구성으로 불변자본과 가변자본에 추가된다면 불변자본 $4000C$에 $400C$가 추가되고 가변자본 $1000V$에 $100V$가 추가되어 Ⅰ부문의 가변자본과 잉여가치의 합은 $1000V+100(S)V+500S$가 될 것입니다. 추가 불변자본을 $(S)C$라고 표기하고 추가 가변자본을 $S(V)$라고 표기하겠습니다. $(S)C$라고 쓴 이유는 잉여가치(surplus value)에서 떼어낸 것이기 때문입니다. 이 1600($1000V+100(S)V+500S$)이라는 화폐 가치는 Ⅰ부문이 Ⅱ부문에서 공급받은 소비재의 가치와 같으므로 Ⅰ부문은 Ⅱ부문에 1600의 화폐 가치에 해당하는 생산재를 공급해야 하며 따라서 Ⅱ부문의 불변자본은 $1600C$가 됩니다. Ⅱ부문의 $1500C$가 $1600C$로 늘어나며 Ⅱ부문도 4 : 1의 자

본 구성에 따라 이렇게 늘어난 100의 25퍼센트를 가변자본에 추가하여 Ⅱ부문의 가변자본 $375V$가 400V로 늘어납니다. Ⅱ부문의 잉여가치 $375S$에서 $100C$와 $25V$가 빠져나갔으므로 잉여가치는 $250S$가 됩니다. Ⅰ부문의 $1000V+100(S)V+500S$가 Ⅱ부문의 $1500C+100(S)C$와 교환되었기 때문입니다.

$$\text{Ⅰ}.\ 4000C+400(S)C+1000V+100(S)V+500S$$

$$\text{Ⅱ}.\ 1500C+100(S)C+375V+25(S)V+250V$$

그래서 두 부문의 생산자본 구성은 다음과 같이 됩니다.

$$\text{Ⅰ}.\ 4400C+1100V$$

$$\text{Ⅱ}.\ 1600C+400V$$

잉여가치율이 100퍼센트이므로 생산 규모는 다음과 같이 확대됩니다.

$$\text{Ⅰ}.\ 4400C+1100V+1100S=6600$$

$$=9000$$

Ⅱ. $1600C+400V+400S=2400$

전년도에 Ⅰ부문의 가변자본과 잉여가치 Ⅰ$(V+S)=2000$이 Ⅱ부문의 불변자본 Ⅱ$C=1500$보다 컸기 때문에 금년도의 총산출이 8250에서 9000으로 확대된 것입니다. 금년도의 자본 구성도 Ⅰ$(V+S)>$ ⅡC라는 조건을 충족시키므로 확대재생산은 계속됩니다.

Ⅰ부문의 $1100S$에서 절반인 550이 불변자본과 가변자본에 추가되어 총산출 9000은 다음과 같이 배치됩니다.

Ⅰ. $6600=4400C+1100V+550S+440(S)C+110(S)V$

Ⅱ. $2400=1600C+400V+200S+160(S)C+40(S)V$

Ⅰ부문의 가변자본과 잉여가치의 합계인 $1100V+550S+110(S)V$는 Ⅱ부문에 생산재를 팔아 얻은 소비재이므로 Ⅱ부문의 불변자본이 1600에서 1760으로$(1100+550+110=1600+160)$ 늘어나 $1600C+160(S)C$가 됩니다. 추가된 불변자본 $160(S)C$의 4분의 1인 40이 가변자본에 추가되어 가변자본은 400에서 440으로 늘어나고 $400S$에서 $160(S)C$와 $40(S)V$가 빠져나갔으므로

Ⅱ부문의 잉여가치는 200이 됩니다. 따라서 두 부문의 불변자본과 가변자본은 각각 다음과 같이 구성됩니다.

Ⅰ. $4840C+1210V$

Ⅱ. $1760C+440V$

잉여가치율이 100퍼센트이므로 다음 단계의 생산 규모는 다음과 같이 확대될 것입니다.

Ⅰ. $4840C+1210V+1210S=7260$

$=9900$

Ⅱ. $1760C+440V+440S=2640$

우리는 재생산 과정을 간단한 식으로 정리해볼 수 있습니다. 생산재의 공급은 생산재의 수요와 일치하고 소비재의 공급은 소비재의 수요와 일치합니다. Ⅰ부문은 불변자본과 가변자본으로 두 부문이 필요로 하는 생산재를 공급하고 Ⅱ부문은 불변자본과 가변자본으로 두 부문이 필요로 하는 소비재를 공급합니다. 단순재생산의 경우에 노동자는 가변자본을, 기업가는 잉여가치를 소비재 구입에 모두 지출합니다.

생산재 공급$(C_1+V_1+S_1)$=생산재 수요(C_1+C_2)

소비재 공급$(C_2+V_2+S_2)$=소비재 수요$(V_1+V_2+S_1+S_2)$

양변에서 같은 항들을 지우면 단순재생산의 균형조건인 $C_2=V_1+S_1$이 나옵니다.

확대재생산의 경우에 잉여가치 가운데 기계와 원료와 재료를 구입하는 부분을 $(S)C$, 노동력을 추가로 고용하는 부분을 $(S)V$, 기업가가 개인적으로 소비에 지출하는 부분을 $(S)K$로 표시하면, 생산재의 공급과 수요는

$$C_1+V_1+(S_1)C+(S_1)V+(S_1)K$$
$$=C_1+C_2+(S_1)C+(S_2)C$$

가 되고, 소비재의 공급과 수요는

$$C_2+V_2+(S_2)C+(S_2)V+(S_2)K$$
$$=V_1+(S_1)V+(S_1)K+V_2+(S_2)V+(S_2)K$$

가 됩니다. 양변에서 같은 항들을 지우면

$$C_2+(S_2)C=V_1+(S_1)V+(S_1)K$$

가 되는데, $(S_1)V+(S_1)K=S_1-(S_1)C$ 이므로

$C_2+(S_2)C+(S_1)C=V_1+S_1$이 됩니다.

따라서 확대재생산의 조건인 $C_2<V_1+S_1$ 이 나옵니다.

국민소득과 확대재생산 표식은 다 같이 한 나라 경제의 성장 가능성을 전망하며 경제 규모의 수준을 측정하는 방법이지만 두 가지 측정 방법의 사이에는 국민소득이 경제 체계의 조화를 전제하는 데 반하여 재생산 표식은 경제 체계의 어긋남을 전제한다는 차이가 있습니다. 소비재 생산 부문이 생산재 생산 부문에서 공급받는 불변자본과 생산재 생산 부문이 소비재 생산 부문에서 공급받는 소비재가 균등하게 교환되어야 한다는 재생산의 균형 조건은 비현실적인 단순재생산의 경우뿐만 아니라 현실의 확대재생산 과정에서도 소비재 생산 부문의 불변자본이 생산재 생산 부문의 가변자본과 잉여가치를 더한 가치로 확대되는 단계에서 작용하지만 두 생산 부문의 균형은 일시적이고 부분적입니다. 잉여가치가 불

변자본과 가변자본으로 재분배되는 과정에서 생산 체계가 확대됨에 따라 두 생산 부문의 어긋남도 확대됩니다. 국민소득은 편리하고 유용한 지표입니다. 미국도 중국도 국민소득으로 경제 수준을 측정하고 있습니다. 그러나 끊임없이 반복되는 경제의 위기와 동요를 이해하는 데는『자본론』이 유용합니다. 근대사회의 경제 체계는 쉬지 않고 확대되는 견고한 체계입니다. 그러나 그 체계의 바탕에는 어긋남이 내재하기 때문에 사람들은 위기와 동요를 일상생활에서 마치 정상적인 과정의 일부인 것처럼 경험하게 됩니다. 근대사회가 어긋남의 체계라는 사실을 좀더 평이한 일상언어로 바꾸어 설명해보겠습니다. 경제의 확대 과정은 소득이 투자로 변형되었다가 소비를 매개로 하여 소득으로 돌아오고, 소득이 소비로 변형되었다가 투자를 매개로 하여 소득으로 돌아오는 순환과정입니다. 그런데 기계와 임금과 이윤의 상호작용이 바로 생산활동이므로 경제의 과정을 이윤의 일부가 추가 기계와 추가 임금으로 변형되어 생산의 확대를 형성하는 사건으로 기술할 수도 있습니다. 이렇게 보면 투자란 추가 기계와 추가 임금 이외의 다른 것이 아니며 소비란 임금과 추가 임금 이외의 다른 것이 아닙니다. 이윤 가운데 기업가의 개인적인 지출도 소비에 속하지만 경제 전체로 볼 때 그것은 그 분량에서 노동자의 임금만큼 중요한 역할을 담당하지 않습니다. 결국 한 나라의 경제 수준은 투자와 소비에 의해서 결정되고 투자와 소비는 그것들의 공통 요소인 추가 임금에 의하여 결정됩니다. 중공업과 경공업이 기계와 화폐를 주고받는 경우에 중공업 부문은 경공업 부문에 기계를 팔고 경공업 부문은 중공업 부문에서 기계를 삽니다. 중공업 부문은 경공업 부문에서 받은 화폐로 자기 부문의 임금을 지불하고 이윤을 남깁니다. 경공업이 중공업으로부터 받은 기계의 가치는 중공업이 경공업으로 받은 화폐로 측정한 임금과 이윤의 가치를 초과할 수 없습니다. 두 부문의 교환관계가 균형을 이루어야 한 나라의 재생산 과정이 안정될 수 있습니다. 그러나 자본-노동 비율의 변화에 따른 기술 수준이 끊임없이 바뀌기 때문에 중공업과 경공업의 거래가 균형을 이룰 수 없으며 두 부문의 균형 가능성을 예측하는 것도 불가능합니다. 원래의 기계설비와 노동력은 잉여가치가 발생하기 이전의 자본-노동 비율로 측정한 가치이고 추가 기계와 추가 노동력은 잉여가치가 발생한 이후의 자본-노동 비율로 측정한 가치이기 때문에 균형 조건의 계산에는 차질이 불가피한 것입니다. 개인이나 기업이나 정부가 아무리 노력하더라도 근대사회의 이 어긋난 사개를 바로잡을 수는 없습니다. 근대란 어느 누구도 조정할 수 없는 경기의 상승과 하강을 경험하면서 모든 사람이 부도와 실직의 불안에 시달릴 수밖에 없는 시대입니다. 최악의 시나리오를 가지고 있는 사람은 실망하기는 하더라도 절망하지는 않을 것입니다. 『자본론』이 그려놓은 근대사회의 초상화가 의외로 어긋난 현실을 직시하고 용기 있게 대처하게 하는 데 도움이 될 수 있을지도 모릅니다.

일용할 기계

우리가 일상생활에서 활용하는 경제 상식은 같은 물건이면 값이 쌀수록 사려는 사람이 많아진다는 사실에서 시작합니다. 가격 이외의 조건이 동일하다면 사려는 사람은 싸게 파는 사람을 찾고 팔려는 사람은 비싸게 사는 사람을 찾게 마련입니다. 우리가 필요한 재화와 서비스를 살 때 지불하는 돈의 액수를 가격이라고 합니다. 사려는 가격과 팔려는 가격이 일치할 때, 다시 말하면 수요와 공급이 균형을 이룰 때 거래가 성립합니다. 공급에 비해서 수요가 많으면 가격이 상승하고 공급에 비해서 수요가 적으면 가격이 하락합니다. 수요가 공급보다 많으면 사려는 사람들이 원하는 수량만큼 사지 못합니다. 그때 구입하지 못한 사람들 가운데 더 높은 가격에

라도 사겠다는 사람이 나오면 가격이 상승하게 되고 가격이 오르면 소비를 포기하는 사람이 나와서 수요량이 다시 감소하게 되기도 하지만 반대로 가격 상승이 이윤 동기가 되어 생산량이 늘어나고 공급량이 증가하게 되기도 합니다. 수요와 공급이 동시에 증가하거나 감소하는 경우에는 어느 쪽의 힘이 더 강한가에 따라서 가격의 상승과 하락이 결정됩니다. 현재를 위한 지출인 소비와 미래를 위한 지출인 저축 또는 투자를 구별하는 것도 경제 상식의 일부입니다. 사람들이 원하는 상품과 서비스의 생산에 투자하는 주체는 기업입니다. 제조업자는 하청업자에게서 부품과 소재를 구매하여 완성품을 생산하고 하청업자는 완성품 제조업자가 주문한 제품을 생산해서 납품합니다. 제조업자와 하청업자는 각각 그들대로 각자의 공장을 짓고 노동자를 고용해서 제품을 생산합니다. 하청업자가 하나의 제조업자에게 납품한다면 교역 조건이 불리해지고 다수의 제조업자에게 납품한다면 교역 조건이 유리해집니다. 기업 사이의 이윤 분유(利潤分有)에도 수요와 공급의 원리가 작동합니다. 기업이 생산하여 획득한 수익은 생산에 기여한 정도에 비례하여 임금으로, 이자로, 지대로 분배됩니다. 노동시장의 임금도 수요와 공급에 따라 결정됩니다. 노동능력이 좋으면 채용하려는 기업이 늘어나서 임금이 올라갑니다. 기업가에게 임금은 재료비, 임차료, 기계의 감가상각비와 함께 생산비를 구성하는 생산 요소입니다. 기업가는 노동 투입을 늘릴 것인지 아니면 기계설비를 늘릴 것인지에 대해 판단해야 합니다. 임금이 생산원가에서 차지하는 비중은 노동자의 생산성에 따라 달라집니다. 임금이 10퍼센트 상승하고 노동자 1인당 생산성이 20퍼센트 증가하면 상품 한 단위를 생산하는 데 드는 생산원가가 줄어들어 기업은 가격을 인하할 수 있게 됩니다. 임금이 10퍼센트 상승하고 노동자 1인당 생산성이 5퍼센트 증가하면 상품 한 단위당 인건비가 늘어나서 기업은 가격을 인상할 수밖에 없습니다. 산출량(실질 부가가치)을 노동투입량(노동 투입 인원×노동시간)으로 나누면 노동생산성이 나오고 시간당 임금을 노동생산성으로 나누면 단위노동비용이 나옵니다. 임금 수준이 생계비에 미치지 못하게 되면 노동자의 근로의욕을 떨어뜨려서 생산성이 낮아지게 되고 생산성 저하는 다시 임금 인하의 요인으로 작용하게 됩니다. 저임금은 노동자의 구매력 저하로 인한 내수시장의 위축으로 이어질 수도 있습니다. 유통되는 화폐의 수량이 너무 많으면 가격이 상승하고 유통되는 화폐의 수량이 너무 적으면 경기가 침체됩니다. M을 화폐의 거래량, 즉 통화량이라고 하고 V를 통화의 회전 수, 즉 유통 속도라고 하고 P를 거래한 상품의 평균 가격, 즉 물가라고 하고 Y를 화폐의 거래량, 즉 실질국민소득이라고 할 때 화폐의 수량에 대하여 MV=PY라는 식이 성립합니다. 여러 상품의 가격을 더하여 평균한 가격 수준을 물가라고 합니다. 공업제품지수와 농축산품지수와 서비스지수를 따로 측정하고 종합하여 소비자물가지수를 산정합니다. 주어진 물가 수준에서 기업이 생산하여 판매하려는 상품과 서비스의 합계를 총공급이라고 하고 주어진 물가 수준에서 가계와 기업과 정부가 구매하려는 상품과 서비스의 합계를 총수요라고 합니다. 임금·세금·이자·환율이 상승하고 원자재 가격과 부동산 임차료가 상승하면 총공급이 감소하며, 가계와 기업과 정부의 지출이 늘어나면 총수요가 증가합니다. 돈을 빌려주려는 화폐의 공급과 돈을 빌리려는 화폐의 수요가 상호작용하는 가운데 이자율이 결정됩니다. 돈을 빌린 사람이 돈을 빌려준 사람에게 일정 기간 돈을 빌려 쓴 데 대한 대가로 지급하는 돈을 이자라고 하며 원금에 대한 이자의 비율을 이자율(금리)이라고 합니다. 이자는 현재 할 수 있는 소비를 희생한 대가라고 할 수 있습니다. 은행에 예금하면 은행이 돈을 빌려 쓴 것이 되므로 이자를 받게 됩니다. 호경기에는 기업의 투자가 늘어나 돈에 대한 수요가 증가하고 금리가 상승합니다. 금리가 오르면 이자가 상품의 생산원가에 포함되어 있기 때문에 투자에 따른 비용부담이 늘어나게 되어 투자가 감소합니다. 금리 인상은 원가 상승으로 인한 가격 상승의 원인이 될 수도 있고 경기 침체와 수요 감소로 인한 물가 하락의 원인이 될 수도 있습니다. 현재의 이자율을 적용하여 현재 금액의 미래 가치를 계산할 수 있으며 미래 금액의 현재 가치를 계산할 수도 있습니다. 공장 건설에 1조 원이 들고 10년 후에 2조 원을 벌 수 있을 때 이자율이 5퍼센트이고 이자가 매년 복리로 지급된다면 2조 원의 현재 가치는

$$\frac{2\text{조}}{(10+0.05)^{10}} = 1\text{조 } 2\text{천}$$

이 됩니다. 2천억 원이 남으므로 공장을 짓는 게 유리합니다. 주식의 가격도 일반 상품의 가격처럼 주식시장에서 주식에 대한 수요와 공급에 따라 결정됩니다. 채권 보유자는 채권 발행 기관에 손실이 발생하더라도 정해진 이자를 받을 수 있으나 주식 보유자는 회사에 돈이 남지 않으면 배당금을 받지 못하게 됩니다.

은행이 지나치게 많은 돈을 풀면 돈이 빠르게 돌면서 주식과 부동산의 가격을 올립니다. 담보 물건인 주식과 부동산 가격이 올라가면 은행은 그것들을 담보로 더 많은 돈을 빌려주고 늘어난 화폐는 주식과 부동산의 가격을 더 올라가게 합니다. 그러다가 거품이 꺼지기 시작하면 이번에는 또 모두가 주식과 부동산을 팔려고 나

서서 주식과 부동산의 가격이 폭락하게 됩니다. 경제는 호경기와 불경기를 끊임없이 반복하게 되는 것입니다. 환율도 외화의 수요와 공급에 따라 결정됩니다. 외화 수요가 늘어나거나 외화 공급이 줄어들면 환율이 상승하여 자국 화폐의 가치가 하락합니다. 달러당 원화 금액이 커지는 경우에 원화 환율이 상승했다고 하고 원화 가치가 하락했다고 합니다. 수출이 늘면 외화 공급이 증가하고 수입이 늘면 외화 수요가 증가합니다. 개인은 능력을 개발하여 임금과 봉급을 늘리려고 하며 가계는 자산을 관리하여 재산을 늘리려고 하며 기업은 연구 개발로 이윤을 늘리려고 하며 국가는 경제성장으로 국민의 생활기반을 충실하게 하려고 합니다. 예산은 주어져 있으므로 어떤 것을 선택하려면 다른 것을 포기해야 합니다. 개인뿐 아니라 국가도 바라는 것을 전부 가질 수 없습니다. 정부가 실업문제를 해결하려고 재정을 확장하면 실업률은 낮아질 수 있겠지만 물가가 상승하고, 반대로 인플레이션을 막으려고 재정을 긴축하면 물가는 조절될 수 있겠지만 생산이 침체되어 실업률이 높아집니다. 조세수입을 감소시키거나 정부지출을 증가시키는 경제성장 정책은 고용과 생산의 확대에 도움이 될 것이지만 물가와 금리의 인상을 막는 데는 도움이 되지 않을 것입니다. 금리 상승으로 민간의 소비와 투자가 감소하면 성장 정책이 경제의 상승이 아니라 경제의 하강을 초래하는 결과에 이를 수도 있습니다. 과도한 복지지출로 재정을 악화시키는 반시장(反市場) 인기영합주의자들은 선거에서 표를 얻으려고 미래 세대를 희생시키고 있습니다.

기업은 제품의 가격이 상승할수록 더 많이 생산하려고 하므로 공급이 증가합니다. 기업의 목표는 이윤의 극대화에 있습니다. 기업은 돈을 벌기 위하여 사업을 경영합니다. 기업의 이윤은 수익 총액에서 비용 총액을 뺀 금액입니다. 생산비용은 제품의 생산량과 가격을 결정하는 변수가 됩니다. 1년에 볼펜 1억 개를 만들어 한 개에 천 원씩 받고 팔면 수익 총액은 천억 원이 됩니다. 생산비용은 인건비와 원료비를 가리키는 것이지만, 공장을 짓는 데 10억 원이 들었다면 저축예금의 연리 5퍼센트로 계산해서 1년에 받을 수 있는 이자 5천만 원이 비용으로 계산되며 기계의 수명이 10년이라면 기계 가격의 10퍼센트에 해당하는 금액도 인건비와 원료비에 추가됩니다. 기업이 공장 건설비용 10억 원 가운데 5억 원을 은행에서 대출받았다면 대출금에 대하여 매년 갚아야 할 이자도 비용에 포함되며 자기 자금 5억 원도 은행에 예금해서 받을 수 있는 이자를 포기한 금액이므로 그 5억 원에 대한 이자가 비용에 포함됩니다. 기업이 나라에 바친 세금도 비용으로 계산해야 합니다. 기업가는 늘 노동자를 늘려야 하나 줄여야 하나를 걱정하고 기계를 더 사야 하나 말아야 하나를 걱정합니다. 기업가는 판매수익과 생산비용을 비교하여 생산량을 결정합니다. 매출이 많이 감소하는 경우에는 있는 기계 가운데 일부가 작동하지 못하게 되는 일도 생길 수 있습니다. 기계 가격에 대한 연간 이자와 연간 감가상각비가 3천만 원이고 노동자 한 명의 임금이 천만 원이라면 노동자 두 명을 고용할 때 비용 총액은 5천만 원(3000+1000×2)이 되고 노동자 네 명을 고용할 때 비용 총액은 7천만 원(3000+1000×4)이 됩니다. 기업이 제품의 산출량을 한 단위 증가시킬 때 발생하는 비용 총액의 증가분을 한계비용이라고 합니다. 볼펜 만 개를 만드는 데 380만 원이 들었고 만 한 개를 만드는 데 380만 4백 원이 들었다면 이때 볼펜 생산의 한계비용은 4백 원이 됩니다. 한계비용은 일정한 단계까지는 생산량의 증가에 따라 감소하지만 일정한 단계를 넘어서 생산량이 계속 증가하면 함께 증가합니다. 기업가는 언제나 비용 총액을 산출량으로 나눈 평균비용과 산출량 한 단위의 증가에 따른 비용 총액의 증가분인 한계비용을 구별해서 생각합니다. 기업은 새로 한 단위를 더 생산하여 판매한 수익과 그 한 단위를 더 만들 때 들어가는 비용을 계산해서 추가 수익이 추가 비용보다 많으면 생산을 계속하고 추가 수익이 추가 비용보다 적으면 생산을 중단합니다. 전체로 보아서는 이윤이 나더라도 한계비용이 한계수익보다 커지면 기업가는 즉시 생산을 멈춥니다. 좋았던 과거에 매달리면 망한다는 의미에서 이미 들어간 비용을 매몰비용이라고 합니다. 일류 기업도 기술혁신과 경영전략에 실패하면 이류 기업으로 전락합니다. 개별 수요자나 개별 공급자가 시장가격에 영향력을 행사할 수 없는 경쟁시장에서는 상품의 평균수익과 한계수익이 동일합니다. 기업은 이 수익(평균수익=한계수익=시장가격)을 기준으로 삼아서 수익이 한계비용보다 많으면 생산량을 늘리고 수익이 한계비용보다 적으면 생산량을 줄입니다. 추가로 들어오는 수익이 추가로 나가는 비용보다 많으면 추가로 발생하는 이윤도 많아지기 때문입니다. 경쟁시장에는 수많은 공급자와 수많은 수요자가 공존하며 공급하는 상품의 품질이 동일하며 기업들이 자유롭게 시장에 진입하거나 시장에서 이탈할 수 있습니다. 경쟁기업이 존재하지 않는 독점기업은 시장가격에 영향력을 행사할 수 있습니다. 생산량을 줄이면 가격이 올라가며 가격을 올리면 시장의 수요가 줄어 판매량이 떨어집니다. 독점기업은 가격을 낮춰서 판매량을 늘릴 것이냐 아니면 판매량을 줄여서 가격을 올릴 것이냐에 대하여 고심합니다. 판매량의 증가가 수익 총액의 증가로 연결되는 경우가 있는가 하면 반대로 가격 하락으로 인해서 수익 총액의 감소를 일으키는 경우도 있기 때문입니다. 일정한 단계까지는 독점기업이 생산량을 늘릴 때 한계비용이 한계수익보다 적기 때문에 전체 이윤이 증가합니다. 그러나 일정한 단계를 넘어가면 추가로 들어오는 수익보다 추가로 나가는 비용이 많아지기 때문에 생산량을 줄여야 비용 절약 효과가 수익 감소 효과를 초월하게 되어 이윤이 증가합니다. 독점기업은 한계수익과 한계비용이 일치하는 지점 근방에서 생산량을 결정하고 시장의 수요 상태를 고려하여 생산한 제품이 시장에서 모두 판매될 수 있는 가격을 결정합니다. 한계수익과 한계비용이 일치할 때의 생산량이 이윤 극대화의 조건이 된다는 것은 동일하지만 가격과 한계비용이 일치하는 경쟁시장과 달리 독점기업은 가격을 한계비용보다 높게 결정합니다. 경쟁시장의 수요는 시장가격 수준의 수평 직선을 형성하지만 독점기업의 가격을 결정하는 시장의 수요는 부드럽게 우하향하는 곡선 또는 우하향하는 직선으로 나타납니다. 독점기업

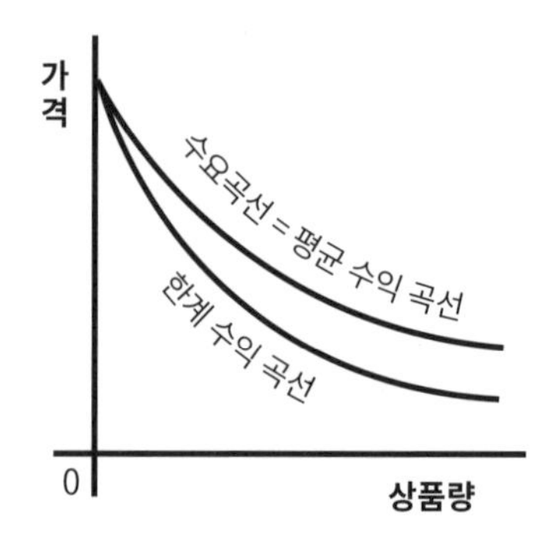

의 한계수익은 늘 시장수요보다 아래에 있습니다.

경쟁시장에서는 가격과 한계수익과 한계비용이 일치하지만 독점기업은 한계수익과 한계비용이 일치하는 지점에서 생산량을 결정하고 가격은 한계수익보다 높게 설정합니다. 한계비용보다 높은 독점가격은 소비자의 수요량을 감소시키고 수요의 감소는 독점기업의 생산량을 감소시킵니다. 독점기업은 시장수요에 맞추어 가격을 결정합니다. 생산량은 한계수익과 한계비용이 일치하는 지점에서 결정하고 가격은 한계비용과 한계수익이 일치되는 지점보다 높은 지점에서 결정하기 때문에 소비가 축소되고 결국 생산량도 가격에 일치하는 수준으로 축소될 수밖에 없는 것입니다. 한 기업이 다른 일반 기업들의 예상을 초과하는 적은 비용으로 제품을 생산하여 시장의 수요 전부를 충족시킬 수 있을 때 진입장벽이 생겨서 경쟁기업이 나오지 못하게 됩니다. 독점기업은 경쟁시장보다 높은 가격으로 경쟁시장보다 적은 제품을 공급하며 따라서 소비자는 경쟁시장보다 높은 가격으로 경쟁시장보다 적은 양의 제품을 사게 됩니다. 대부분의 기업들은 기업의 시장 진입은 자유롭지만 기업들이 생산하는 상품의 품질과 서비스에는 차이가 있는 독점적 경쟁시장에서 활동하고 있습니다. 이 경우에도 시장의 수요는 평행선이 아니라 우하향하는 선을 따라 움직이며 기업들은 단순한 가격 수용자가 아니라 가격 설정자로 행동합니다. 제품의 차별화와 다양화는 독점적 경쟁시장의 장점이라 하겠으나 높은 가격으로 인한 소비의 축소는 독점적 경쟁시장의 단점이라 하겠습니다. 소수의 기업들이 시장의 수요 전부를 충족시키는 과점기업들은 공급량 증가와 가격 하락 사이에서 다음의 사례와 같이 서로 타협하여 생산량과 가격을 조절합니다. 공범이라는 심증은 있으나 물증이 없는 두 용의자를 검거한 검사가 두 사람을 따로 독방에 가두고 먼저 윤씨의 심문을 진행합니다. "이씨가 자백하고 당신이 부인하면 당신에게 법정최고형 15년을 구형하고 이씨는 수사에 협조한 대가로 방면하겠소. 당신이 자백하고 이씨가 부인하면 그에게 15년형을 구형하고 당신은 방면하겠소. 두 사람이 모두 자백하면 법정최저형 5년을 구형하고 두 사람이 모두 부인하면 물증을 이미 확보한 이전 범행을 재수사하여 두 사람에게 1년형을 받게 하겠소." 이씨가 자백했다고 가정할 때, 윤씨가 부인하면 15년형을 구형받게 되고 자백하면 5년형을 구형받게 되며, 이씨가 부인했다고 가정할 때 윤씨가 자백하면 방면되고 부인하면 1년형을 살게 되므로 어느 경우에나 자백이 유리합니다. 과점기업들도 협정을 한쪽에서만 위반하면 이익이 커지고 둘 다 위반하면 이익이 작아지기 때문에 둘 다 위반하지 않고 중간 이익에 만족하는 수준에서 생산량과 가격을 결정하게 됩니다.

경제문제를 수요와 공급의 문제로 환원하는 설명 방식은 우리가 신문과 방송을 통해서 날마다 듣고 있는 이야기입니다. 미국 사람들뿐 아니라 중국 사람들도 대체로 이러한 사고방식에 근거하여 경제생활을 하고 있습니다. 그런데 『자본론』은 경제문제를 수요 공급의 문제와 조금 다른 시각으로 설명했습니다.

이윤이란 생산에 투자한 화폐와 생산한 상품을 판매하여 얻은 화폐의 차이입니다. 모든 기업가의 목적은 이윤의 획득에 있습니다. 이러한 관점에서 본다면 이윤은 투자한 자본 전체에 대하여 말한다는 점에서 투입한 노동량에 대하여 말하는 잉여가치율과 구별됩니다. 잉여가치를 가변자본으로 나눈 잉여가치율은 노동자의 노동생산성을 나타내는 동시에 노동자와 기업가의 사회적 역학관계를 나타냅니다. 노동자들이 단결하여 투쟁하면 잉여가치 가운데 더 많은 몫을 가질 수 있기 때문입니다. 잉여가치를 투입 자본 전체(불변자본+가변자본)로 나눈 이윤율은 한 나라의 경제 상태를 나타내는 동시에 기업가들 사이의 역학관계를 나타냅니다. 이윤율이 올라가는 상태는 경제가 상승하는 단계이고 이윤율이 떨어지는 상태는 경제가 하강하는 단계입니다. $S/(C+V)$라는 식으로 표시하는 이윤율은 기업가들에게 생산량과 가격을 결정하는 척도가 되며 시장 진입과 시장 이탈을 결정하는 기준이 됩니다. 이윤율이 높은 산업 분야에는 새로운 기업들이 진입하여 사회 전체의 이윤율을 평준화합니다. 모든 기업이 싸게 사서 비싸게 팔려는 경쟁을 벌이는 가운데 한 사회의 이윤율은 오르락내리락하면서 평준화를 향하여 조정되는 것입니다. 『자본론』은 농업지대를 농업 이윤의 분유(分有)라고 하고 은행 이자와 상업 이득과 상업 봉급을 제조업 이윤의 분유라고 했습니다. 상업 종사자의 봉급은 제조업의 이윤을 분유하기 때문에 생산에 참여하여 이윤을 만드는 데 기여하는 제조업 노동자의 임금과 다르다는 것입니다. 『자본론』은 국민소득을 임금과 이윤으로 나누고 농업지대와 은행 이자와 상업 이득과 상업 봉급을 이윤에 속하는 것으로 계산했습니다. 토지는 농업의 중요한 생산수단이므로 지주는 토지를 임차한 농업 기업가 이윤의 일부를 분유합니다. 상업은 재생산 과정에서 자본이 상품의 형태로 머무르는 기간을 단축하고 은행은 유휴자금을 서로 조달하게 하여 자본이 화폐의 형태로 머무르는 시간을 단축합니다. 상업과 은행은 사회 전체의 유통비용을 절감시키므로 제조업 이윤의 일부를 분유합니다. 은행이 이윤에 기여하여 이윤을 분유한다고 생각하지 않고 화폐를 이자 낳는 자본이라고 생각하는 것을 『자본론』은 물신숭배(화폐라는 우상의 숭배)라고 했습니다.

생산의 목표는 판매입니다. 기업이 상품을 생산하는 이유는 투자한 화폐보다 더 많은 화폐를 벌어들이려는 데 있습니다. 생산수단과 노동력을 구매하는 가격은 기업의 비용가격이 됩니다. 기업가들은 누구나 상품을 생산하는 비용가격을 낮추려 하고 상품을 판매하는 시장가격을 높이려 합니다. 기업가들은 생산수단과 노동력을 싸게 구입하고 생산한 제품을 비싸게 팔려고 합니다. 생산수단을 아껴서 사용하고 노동력을 남김없이 사용하여 생산비용을 최소화하고 다른 기업의 제품과 구별되는 자기 기업 제품의 장점을 홍보하여 판매가격을 최대화합니다. 그러나 비용가격을 너무 낮추면 생산수단을 구매할 수 없게 되며 노동자를 고용할 수 없게 됩니다. 또 제품 가격을 너무 높이면 아무도 구매하려 하지 않을 것입니다. 일시적으로는 다른 기업들보다 싸게 사서 비싸게 파는 데 성공하는 몇몇 기업이 나타날 수 있으나 장기적으로는 비용가격과 판매가격이 기업들의 경쟁을 통하여 일정한 정상 표준가격으로 수렴하게 됩니다. 불변자본과 가변자본과 잉여가치의 관계를 비용가격과 이윤의 관계로 변형하여 불변자본과 가변자본의 차이를 해소해버리면 불변자본과 가변자본의 구성에 따라 잉여가치가 달라진다는 사실을 무시하게 됩니다. 비용가격이 동일하게 100이라고 하더라도 기계설비에 90을 투자하고, 노동력에 10을 투자하는 경영과, 기계설비에 70을 투자하고 노동력에 30을 투자하는 경영은 잉여가치율이 다 같이 100퍼센트라고 할 때 서로 다른 잉여가치를 산출하게 되므로 기업가들은 항상 기계를 더 증설할까 아니면 노동자를 더 고용할까라는 문제로 고심합니다. 잉여가치가 달라지면 이윤율도 달라집니다. 이윤율은 투자의 표준이 되기 때문에 기업가들은 이윤율이 높은 자본구성을 선택하게 됩니다. 이윤율의 계산에는 기계설비의 수명과 생산 과정의 노동시간과 제품의 유통기간이 고려되어야 합니다. 기계의 수명이 10년이라면 올해의 생산에는 기계가격의 10퍼센트만을 비용가격에 포함해야 할 것이고 이미 상품의 비용가격으로 산정된 노동시간 이외에 상품이 판매되어 이윤이 획득되는 유통기간을 포함해야 할 것입니다. 잉여가치는 판매를 통하여 이윤으로 실현됩니다. 돈이 나가서 다시 들어올 때까지의 기간(생산기간+유통기간)을 자본의 회전기간이라고 합니다.

노동자들은 회사와의 계약조건 때문에 현재 일하고 있는 직장보다 임금 수준이 높고 노동시간이 짧은 회사로 자유롭게 옮길 수 없습니다. 더군다나 공업 기술의 발전은 노동자의 기능을 단순화하고 숙련도를 평준화하여 노동능력의 개별적 특수성을 제거해버렸습니다. 자본-노동 비율도 산업 분야에 따라 상이합니다. 대기업은 중소기업보다 자본-노동 비율이 크고 중소기업은 대기업보다 자본-노동 비율이 작습니다. 대체로 자본-노동 비율이 작은 기업이 자본-노동 비율이 큰 기업보다 이윤율이 높으므로 중소기업 분야에는 새로운 기업이 참여할 수 있는 기회가 비교적 많다고 할 수 있습니다. 그러나 기업들이 경쟁하여 이윤율을 떨어뜨리기 때문에 결국 중소기업의 이윤율은 대기업의 이윤율과 같은 수준으로 조정됩니다. 기업가는 이 일반 이윤율을 잣대로 삼아서 투자의 적합성 여부를 판단합니다. 제품의 생산기간은 그 제품을 생산하기 위하여 일하는 노동자들의 노동시간과 동일합니다. 한 산업 분야의 노동시간은 사회가 일정한 제품의 생산에 요구하는 노동시간을 초과할 수 없습니다. 아무리 많은 통계자료를 동원하여 예측하더라도 기업은 시장에서 제품이 팔리는가 안 팔리는가를 직접 겪어보기 전에 적당한 생산량과 알맞은 가격을 미리 알 수 없습니다. 제조업은 과다 생산이나 과소 생산을 피할 수 없습니다. 사회가 요구하는 노동시간에 대한 추측은 늘 빗나갈 수 있기 때문에 산업 분야마다 계속해서 망하는 기업이 나오게 되는 것입니다. 노동시간은 생산 과정의 자연조건이나 기술 수준에 따라 결정되므로 산업 분야마다 서로 다릅니다. 상이한 노동시간 즉 생산기간은 상이한 이윤율의 원인이 됩니다. 기술 수준이 결정하는 생산기간은 산업 분야에 따라 다르지만 판매 조건이 결정하는 유통기간은 기업에 따라 다릅니다. 상업은 제품을 생산하지 않고 제품의 판매만 담당함으로써 기업의 서로 다른 판매 조건을 균일화합니다. 상품이 상품으로 머무르는 기간을 단축하고 상품이 화폐로 바뀌는 기간을 단축하는 데 상업의 역할이 있습니다. 상업은 사회 전체의 유통비용을 절약해주는 대가로 제조업 이윤의 일부를 상업 이득으로 분유합니다. 제품을 만드는 데 걸리는 노동시간과 제품을 파는 데 걸리는 유통기간을 합해서 자본의 회전기간이라고 합니다. 일모작보다 이모작이 유리하듯이 회전기간이 짧으면, 다시 말해서 회전속도가 빠르면 이윤율이 올라갑니다. 중세의 상인자본은 농민과 장인(匠人)의 정보 부족을 이용하여 싸게 사서 비싸게 팔 수 있었으나 싸게 사서 비싸게 파는 것이 불가능하게 된 근대의 상업자본은 오직 유통비용의 절약을 통하여 산업자본의 이윤을 분유합니다. 『자본론』은 상인자본과 상업자본을 같은 말로 사용했으나 중세의 상인자본과 근대의 상업자본으로 구별해보았습니다. 이윤율의 차이는 자본-노동 비율의 차이와 자본 회전속도의 차이에서 기인합니다. 사회 전체로 볼 때 이윤율이 평준화되어 한 사회의 평균이윤율이 일반이윤율로서 투자의 척도로 작용하고 있더라도 사회에는 생산 규모와 기술 환경의 차이가 존재할 수밖에 없습니다. 새로운 기술이 나왔을 때 혁신된 기술을 사용하는 기업의 이윤율은 종래의 기술을 사용하는 기업의 이윤율보다 당연히 높을 것입니다. 기업가들은 기술 환경의 차이를 만들기 위해서 끊임없이 경쟁하고 있습니다. 그러나 각자 자기에게 가장 유리한 조건을 추구하는 기업들의 경쟁이 기술 환경의 표준화를 불러오게 됩니다. 제품의 시장가격은 물론 수요와 공급의 균형점에서 결정됩니다. 초과수요가 있으면 공급의 증가를 유발하기 위해서 가격이 상승하고, 초과공급이 있으면, 공급의 감소를 유발하기 위해서 가격이 하락합니다. 초과수요나 초과공급의 중심에는 수요와 공급의 균형점이 존재합니다. 마찬가지로 시장가격이 오르고 내리는 중심에는 제품의 생산가격(비용가격+일반 이윤율)이 존재합니다. 사회가 요구하는 노동시간과 공급 분량의 변화에 따라 산업 분야의 사회적 배치도 변화합니다. 사회적 수요의 형태가 다양한 생산 분야에 노동력을 배분하고 생산가격을 결정합니다. 상품의 시장가격은 사회적 수요의 변화에 적응하여 공급량을 변경할 수 있는 기업의 생산 조건에 달려 있습니다. 동일한 산업 분야의 기업들 사이에 이윤율의 차이가 여전히 남아 있더라도 일반 이윤율은 기업들이 시장가격을 결정하는 공통의 척도로 작용합니다. 동일 종류의 상품을 생산하는 기업들 가운데 어느 한 기업이 다른 기업들보다 먼저 새로 개량된 기계를 사용해서 생산력을 증진시키면, 그 기업은 당연히 초과이윤을 얻게 됩니다. 일반적으로 기업들은 그러한 초과이윤을 목표로 설정하고 생산방법을 개선하려고 노력합니다. 이 기업은 종래의 생산방법을 사용하는 기업들보다 싼 비용으로 제품을 더 많이 생산하여 더 비싼 값으로 시장에 내다 팔 수 있게 됩니다. 그러나 새로운 방법을 채용하는 기업들이 늘어나면 어느 한 기업의 초과이윤은 소멸하고 기술을 혁신한 기업들이 초과이윤을 나누어 가지게 됩니다. 종래의 기술을 사용하는 기업들은 이 초과이윤만큼 이윤을 상실하게 되므로 끝내 새로운 방법을 채용하지 않을 수 없게 되며 따라서 사회적으로 초과이윤 자체가 사라지게 됩니다. 기계에는 일정한 수명이 있기 때문에 새로운 기계가 나오더라도 모든 기업이 동시에 새 기계를 설치하기는 어렵습니다. 새로운 방법으로 전환하기가 어려우면 종래의 기계를 새로운 기계로 바꾸는 과도 기간이 길어지며 기술혁신에 의한 초과이윤도 그만큼 오래 유지됩니다. 생산방법을 개선하고 생산력을 증진하는 과정은 자본의 유기적 구성이 고도화하는 과정입니다. 유기적 구성의 변화값은 해당연도의 자본-노동 비율을 기준연도의 자본-노동 비율로 나눈 수치로서 0보다 큰 값이 됩니다. 자본량의 증가와 함께 노동량도 증가하고, 생산에 동원되는 노동자 수도 증가하지만, 총자본(불변자본+가변자본)에서 차지하는 가변자본의 비율은 낮아집니다. 특히 생산력 증진의 기본 조건을 형성하는 기계설비의 증가는 잉여가치를 총자본으로 나눈 일반적 이윤율을 떨어지게 합니다. 생산 과정의 기술 개량이나 유통 과정의 정보 혁신(통신 개선)이 자본의 회전기간을 단축시켜서 이윤율이 떨어지는 경향을 상쇄할 수 있으나 불변자본의 증가가 투자의 수익률을 떨어뜨리는 경제의 일반 현상을 부정할 수는 없습니다. 일반적으로 선진국의 이윤율은 후진국의 이윤율보다 낮습니다. 자본량의 증가는 이윤량을 증가시킬 수 있으며 생산력 증진은 노동자의 생계비를 인하하여 생산성을 향상시킬 수 있습니다. 이윤량의 증가와 생산성 향상도 이윤율이 떨어지는 경향을 상쇄하는 요인들입니다. 경기가 상승 단계에 있을 때 기업가들은 기술을 혁신하려고 하지 않고 오히려 기존의 기계설비를 확장하려고 합니다. 생산 시설을 확장하여 생산수단과 생활수단을 점점 더 많이 생산하다보면 임금이 올라가고 이윤율이 떨어지기 시작합니다. 임금이 상승하고 이윤율이 저하하는 상태에서는 기업이 자본량을 늘려도 이윤량이 증가하지 않으므로 자본량의 과잉이 발생합니다. 경기가 하강하게 되면 수명이 남아 있는 기계설비를 갑자기 바꾸지 못하므로 기업들은 유휴설비와 과다 고용의 부담을 안게 됩니다. 이윤율의 저하와 자본량의 과잉은 불경기를 심화시킵니다. 경기의 하강이 계속되면 기업들은 불경기에서 탈출하기 위하여 마지못해서 기계설비를 개량하고 투입 노동량을 축소합니다. 이른바 경영합리화라고 하는 것은 기술 개선과 노동절약을 말하는 것입니다. 실업률의 증가가 경기의 하강 단계를 나타내는 특징적 지표입니다. 기술을 개선하고 고용을 축소하여 절약한 생산비는 다음번 경기 상승에 대비한 기업의 저축으로 축적됩니다.

근대의 상업자본과 은행자본은 생산 과정의 내부에서 상품 생산을 보조하는 이윤 분유(利潤分有)의 형태로 합리적인 계산에 근거하여 활동합니다. 중세의 상인자본과 대부자본은 생산 과정의 외부에서 독자적으로 활동하였기 때문에 우연에 좌우되는 경우가 많았으며 고리대가 수공업을 잠식한다거나 상업이 농업을 위축시킨다거나 하는 일이 발생할 수 있었습니다. 상품을 생산해서 판매까지 하는 기업이 없는 것은 아니나 생산 과정은 산업자본이 담당하고 판매 과정은 상업자본이 담당함으로써 사회 전반의 유통비용을 절약할 수 있습니다. 자기 자금만 가지고 상품을 생산하는 기업이 없는 것은 아니나 은행자본에서 자금을 융자받음으로써 산업자본은 생산 규모를 확장할 수 있습니다. 한 나라의 산업 분야에는 돈의 흐름에서 일시적으로 빠져나와 놀고 있는 자금이 있게 마련입니다. 기업들에는 기계설비의 수명과 소모율을 상각(償却)하기 위해서 축적해놓은 자금이 있으며 경기변동과 수요 변화에 대비하기 위해서 축적해놓은 자금이 있으며 한 단계의 재생산 과정이 끝난 후 다음 단계의 확대재생산에 추가 불변자본과 추가 가변자본으로 투자하기 위해서 축적해놓은 자금(잉여가치)이 있습니다. 산업 분야에 일정한 기간 유휴 상태로 축적되어 있는 자금은 예금의 형태로 은행에 모이고 은행은 기업들이 예치한 자금을 일정한 기간 다른 기업에 융자합니다. 유휴자금을 모아서 필요한 사람에게 빌려주는 것이 은행의 일입니다. 은행은 예금한 사람에게 이자를 주고 대부한 사람에게 이자를 받습니다. 예금이자와 대부이자의 차액이 은행의 수익이 됩니다. 은행의 매개자 역할 때문에 자금은 상품으로 전환되어 화폐시장에서 거래됩니다. 이자는 일정 기간 자금(화폐 상품)을 사용한 가격이 되는 것입니다. 화폐시장에서 결정되는 이자율은 일반 이윤율을 결정하는 하나의 척도로 작용합니다. 번 돈에서 이자를 갚으려면 이윤율이 이자율보다 높아야 하기 때문입니다. 예금이자와 대부이자의 차액을 크게 하려면 자금을 낮은 이자로 싸게 사서 높은 이자로 비싸게 팔아야 합니다. 은행은 예상 이윤율이 높은 기업에만 대출하기 위해서 까다로운 심사 규정을 마련해두고 있습니다. 은행은 기업이 사용한 어음을 할인하고 중앙은행은 은행이 할인한 어음을 재할인하여 상업신용을 사회적 신용 체계에 편입시킵니다. 현금이 없을 때 기업은 어음을 사용할 수 있습니다. 앞으로 갚겠다는 약속어음을 받고 상품을 판 기업은 그 약속어음으로 다른 기업에서 다른 상품을 살 수 있습니다. 어음을 주고 제품(부품)을 산 기업은 일정한 기간이 되면 은행에 돈을 갚아야 합니다. 어음을 받지 않았으면 팔 수 없었을 상품을 팔 수 있게 했으니 은행이 판매를 도와준 것이고 결과적으로 사회 전체의 유통비용을 줄여준 것입니다. 유통비용이 감소하면 생산비용이 증가하고 생산비용이 증가하면 잉여가치가 증가합니다. 은행은 예금받은 돈을 화폐로 대출하지 않고 어음으로 빌려줍니다. 상업어음을 은행어음으로 할인하는 것입니다. 은행의 약속어음은 요구하면 즉시 현금으로 바꿀 수 있다는 점에서 기업의 약속어음과 다릅니다. 은행은 자금을 기업가들 사이에 재할당하는 사회기관이기 때문에 은행어음은 기업의 상업어음보다 높은 신용을 가지고 유통됩니다. 은행어음은 화폐의 역할을 일정한 범위에서 담당할 수 있습니다. 대출 활동이 이자율을 규제하여 유통화폐의 양을 어느 정도 신축성 있게 조절할 수 있습니다. 그러나 국제 교역과 같이 예측하기 어려운 요인들이 얽혀 있기 때문에 은행어음의 공급량을 미리 적절하게 산정할 수는 없습니다. 은행어음은 기업에 나가는 대출자금으로 사용될 뿐이며 상품을 구매하거나 임금을 지불하는 데 사용할 수 없습니다.

은행어음의 공급은 생산의 규모가 확장되는 정도에 달려 있는데 생산의 확장은 추가 생산수단과 추가 노동력을 요구하며 추가 노동력은 노동력의 재생산에 필요한 생활수단의 증가를 요구합니다. 실업률의 높낮이는 경기의 상승 단계와 하강 단계를 구분하는 척도가 됩니다. 경기가 상승할 것이라고 예상하면 기업들은 생산을 확장하려고 계획하고 은행에 대출을 신청합니다. 대출 신청이 몰리면 중앙은행은 은행어음의 발행을 확대할 것이고 통화의 팽창과 고용의 증대는 임금 상승을 불러올 것이고 임금 상승은 이윤율을 떨어뜨리게 될 것이고 이윤율의 저하는 호경기를 다시 불경기로 바꿀 것입니다. 자본축적이 이윤량의 증가를 수반하지 못할 때 자본과잉 국면이 전개됩니다. 은행어음의 발행은 기업들의 신용 관계를 보충할 수는 있으나 침체하는 경기를 회복할 수는 없습니다. 이윤량의 감소는 유휴자금을 축소하여 대출수요를 증가시키며 대출수요가 증가하면 어음의 할인율이 올라갑니다. 대출이 어려워지면 어떤 기업들은 생산을 확장할 수 없게 되고 어떤 기업들은 현재 상태를 유지하지 못하게 되고 어떤 기업들은 부도를 내고 파산하게 될 것입니다. 기업들이 어음을 받지 않고 현금을 요구하면 현금을 지불할 능력이 없는 기업들이 늘어나서 팔리지 않는 상품이 쌓이게 될 것입니다. 투자 못하는 과잉자본과 판매 못하는 과잉상품이 경기 침체기를 보여주는 대표적인 현상입니다. 은행은 유휴자금을 유용자금으로 바꾸어 생산을 보조합니다. 유통기간을 단축하게 하고 유통비용을 절약하게 하는 대가로 이윤의 일부를 분유하는 것이 은행의 직능이지만 은행은 소극적인 매개 역할에 그치지 않고 이자율을 조절하여 대출 가능한 기업들을 선택함으로써 기업들 사이에 투자금액을 배분하는 적극적인 역할도 담당하고 있습니다.

근대사회에서는 자기 자금만 가지고 생산하는 제조업자는 거의 없습니다. 산업자본은 은행에서 대부 자금을 빌리고 이자를 지급하며 자기에게 있는 유휴자금을 은행에 예금하고 이자를 받습니다. 제조업자는 생산수단과 노동력을 활용하여 제품을 생산하고 판매하여 잉여가치를 획득합니다. 제조업자가 획득한 잉여가치는 임금으로 노동자에게, 원료와 부품의 가격으로 납품업자에게 분배되고 나머지는 이윤으로 제조업자 자신에게 돌아갑니다. 제조업자는 은행의 이윤율을 척도로 삼아서 자기 자금을 평가하고 자기가 획득한 이윤을 투자금액에 대한 이자처럼 생각합니다. 이윤은 생산 과정에서 창출되는 것이며 이자는 이윤의 일부를 분유하는 것이라는 사실을 망각하고 투자한 화폐가 은행 이자보다 높은 이자를 낳았다고 생각합니다. 마치 화폐에 스스로 증식하는 힘이 있는 것처럼 생각하는 오류가 근대사회에 널리 퍼져 있습니다. 이윤을 이자의 일부라고 생각하는 것입니다. 그러나 유휴자금의 방치가 이자를 잡아먹고 있는 것은 분명한 사실이고 은행의 개입이 유휴자금을 유용한 자금으로 전환하며 유통속도를 촉진하여 기업의 재고를 줄일 수 있게 하는 것도 분명한 사실입니다. 이윤과 이자의 분화가 생산 과정과 판매 과정을 효율적으로 조직하는 데 기여하고 있다고 할 수 있습니다. 이자율이 화폐시장에서 결정된다는 것은 화폐 자체가 하나의 상품으로 취급되고 있다는 것을 의미합니다. 정기적인 수익은 모두 이자율로 나누어 일정한 화폐액에 대한 이자로 계산할 수 있습니다. 주식회사는 이윤의 일부를 주주들에게 배당금으로 지급하는데 주식도 이자율을 기준으로 미래의 가치를 계산하여 상품으로 거래됩니다. 공채나 사채와 같은 유가증권도 주식과 같이 자본시장에서 상품으로 거래됩니다. 화폐시장의 거래는 이자율을 결정하고 자본시장의 거래는 주어진 이자율에 비추어 주식과 채권을 평가합니다. 화폐시장과 자본시장은 모두 미래의 이자를 목표로 거래한다는 공통점을 가지고 있으나 자본시장에는 주식과 채권의 불확실한 미래 가치를 이용하는 투기적 목적의 거래가 발생할 가능성이 있습니다.

은행은 유휴자금을 유용하게 사용하게 함으로써 한 사회의 유통비용을 절약하여 잉여가치 창출에 직접적으로 기여합니다. 상업은 판매 과정을 전담함으로써 유통비용을 절약하여 잉여가치 창출에 간접적으로 기여합니다. 상업의 직능은 상품을 화폐로 전환하는 데 있습니다. 상품의 유통기간은 시장의 조건에 좌우되는데 상업은 상품의 종류를 다양화하고 상품의 수량을 대량화하여 유통기간을 단축하고 유통비용을 절약합니다. 한 종류의 상품을 대량으로 판매하는 점포도 있고 여러 종류의 상품을 다양하게 판매하는 점포도 있으나 사회 전체로 볼 때에는 상업자본이 상품의 다양화와 대량화로 유통비용을 절약한다고 말할 수 있습니다. 상업은 박리다매에 의해서 자본의 회전속도를 촉진합니다. 생산과 판매를 함께하는 기업은 유통기간을 예측하기 곤란해서 이윤율도 예측하기 어려웠습니다. 상업이 판매 과정을 맡으면서 유통기간의 불확실성이 많이 줄어들었고 기업은 비교적 정확하게 이윤율을 예측할 수 있게 되었습니다. 상업자본은 이윤율의 평준화를 촉진하고 투자 분야의 배분을 조정하는 데 기여합니다. 구매가격과 판매가격의 차이에서 점포를 운영하고 회계장부를 정리하는 순수 유통비용을 뺀 금액이 상업자본의 상업 이득이 됩니다. 『자본론』에서는 상업이윤이라고 했으나 제조업의 이윤과 구별하기 위해서 상업이득이라고 해보았습니다. 소매가격에는 상업자본의 순수 유통비용이 포함되어 있습니다. 점포의 상각비와 보전비 이외에 점포 구입 대금을 은행에서 대출했다고 가정했을 때 발생할 수 있는 그해의 이자도 당해 연도의 순수 유통비용에 들어갑니다. 상품을 저장하고 운송하는 비용은 잉여가치를 창출하는 생산비용의 일부입니다. 저장과 운송은 제품에 물리적인 흔적을 남기지 않기 때문에 판매 과정으로 보기 쉽지만 저장은 제품 생산의 마지막 단계에 속하며 운송은 제품과 노동자의 배치를 바꾸는 생산 과정에 속합니다. 그러나 상업 점포에서 일하는 상업 종사자는 잉여가치 창출과 무관합니다. 주인이 하건 종업원이 하건 장사는 생산적 노동이 될 수 없습니다. 유통비용의 절약은 잉여가치의 창출이 아닙니다. 유통기간을 단축하여 유통비용을 절약하는 데 기여하는 것은 주인이나 종업원이나 마찬가지이므로 상업 종사자는 모두 이윤의 일부를 분유한다고 보아야 합니다. 상업 이득은 이윤의 일부를 분유하는 것입니다. 상업자본은 유통비용을 절약하여 산업자본을 보조할 수도 있고 이윤을 잠식하여 산업자본을 위축시킬 수도 있습니다. 상업자본의 위 확장증적 팽창은 경기침체의 원인이 됩니다.

토지는 노동의 산물이 아니며 자본과는 성질이 다른 재산입니다. 농업 기업가는 기업을 경영하기 위해서 지주에게 토지를 빌려야 합니다. 농업 기업가가 토지를 생산수단으로 사용할 때 산업자본 전체에 해당하는 평균이윤보다 높은 초과이윤이 발생합니다. 토지 사용에서 발생하는 초과이윤이 지대의 원천입니다. 예를 들어 비옥도가 서로 다른 네 군데의 한 마지기(200평, 660제곱미터) 토지가 농업 생산에 사용된다고 하고, 농업 기업가가 A, B, C, D 각각의 토지에 70만 원을 투자하여 4가마, 5가마, 6가마, 7가마의 쌀을 수확했다고 할 때 쌀 한 가마(80킬로그램)가 20만 원에 판매되고 투자금 70만 원에 대한 평균이윤이 10만 원이라면 B토지, C토지, D토지에 20만 원, 40만 원, 60만 원의 초과이윤이 발생하는데 이 초과이윤이 지대가 됩니다.

토지	생산물		자본	이윤	지대화된 초과이윤
	(가마)	(만 원)	(만 원)	(만 원)	(만 원)
A	4	80	70	10	0
B	5	100	70	30	20
C	6	120	70	50	40
D	7	140	70	70	60
계	22	440	280	160	120

같은 비옥도의 토지에 연속적으로 투자를 늘려서 수확고를 높인 경우에도 평균이윤을 넘는 초과이윤은 지대로 변환됩니다. 비옥도가 가장 높은 D토지에 농업 기업가가 투자금 전부인 280만 원을 투자한다고 가정했을 때 처음 70만 원을 투자하여 일곱 가마를 수확하고 다음 70만 원을 투자하여 여섯 가마를 수확하고 그 다음 70만 원을 투자하여 다섯 가마를 수확하고 마지막 70만 원을 더 투자하여 4가마를 수확했다면 네번째 투자로 얻을 수 있는 10만 원이 사회 전체의 평균이윤에 해당하므로 이 농업 기업가는 280만 원의 투자에 대하여 40만 원의 사회적 평균이윤을 얻고 120만 원의 초과이윤은 지대로 변환되어 지주에게 돌아갑니다. 각 투자 단계의 수확량은 다음과 같은 실험을 통해서 계산할 수 있습니다. D토지와 동일한 비옥도의 토지 네 개를 선택하여 첫째 토지에 70만 원, 둘째 토지에 140만 원, 셋째 토지에 210만 원, 넷째 토지에 280만 원을 투자하여 각각 7가마, 13가마, 18가마, 22가마를 수확했을 때 단위 투자 70만 원당 수확량은 둘째 토지에 6가마, 셋째 토지에 5가마, 넷째 토지에 4가마가 나옵니다. 마찬가지로 D토지에 연속해서 투자 단위 70만 원을 투입하는 경우에도 투자 단위당 수확량은 7가마, 6가마, 5가마, 4가마가 됩니다. 초과이윤이 지대의 형태로 지주에게 귀속되기 때문에 사회적 평균이윤율 이상의 이윤을 획득하지 못하는 농업 기업가는 대체로 투자를 늘리려고 하지 않습니다. 토지에 대한 투자는 초과이윤의 지대화를 목적으로 지주 측에서 하는 경우가 많습니다.

서로 다른 토지들의 비옥도 차이에서 발생한 초과이윤이 지대로 변환되듯이 한 토지에 연속적으로 투입하는 투자량 차이에서 발생한 초과이윤도 지대로 변환됩니다. 농업 기업가는 비옥도가 높은 토지에서 경작하다가 수요가 증가하면 초과이윤이 없어질 때까지 비옥도가 조금 낮은 토지로 경작 지역을 넓혀나갑니다. 사회적 평균이윤밖에 얻을 수 없을 때가 되면 경지 확장이 중지되고 지대가 소멸합니다. 기술 개선으로 수확 체감의 법칙을 넘어서 토지의 수확량이 제고될 수 있습니다. 그러나 기술 개량에서 발생하는

토지 D에 연속 투자	자본		생산물	이윤	지대화된 초과이윤
	(만 원)	(가마)	(만 원)	(만 원)	(만 원)
1	70	7	140	70	60
2	70	6	120	50	40
3	70	5	100	30	20
4	70	4	80	10	0
계	280	22	440	160	120

초과이윤이 지대로 변환되기 때문에 농업 분야는 기술 지체를 피하기 어렵습니다. 토지는 자본이 자유롭게 접근할 수 없는 생산수단입니다. 토지에 자유롭게 투자하려고 하는 기업가는 그 토지를 사들여야 합니다. 토지 소유자는 초과이윤이 발생하지 않는 토지에 대해서도 지대를 요구할 수 있습니다. 지대가 없으면 지주들은 땅이 쑥대밭이 되더라도 농업 기업가에게 무상으로 사용하게 하지 않습니다. 토지 공급에는 제한이 있기 때문에 임차자의 필요와 지불 능력에 의해서 평균이윤밖에 거둘 수 없는 토지도 여러 가지 간접적인 이유로 임차되는 예외적인 경우가 발생할 수 있습니다. 그러나 지대를 낼 수익이 나지 않는 경우에는 근본적으로 지대가 발생할 수 없습니다. 『자본론』은 농업 분야에서는 불변자본에 대한 가변자본의 비율이 공업 분야보다 높기 때문에 절대지대가 발생한다고 설명했습니다. 공업 분야에서 불변자본이 80원이고 가변자본이 20원이고 잉여가치가 20원이라고 할 때 평균이윤은 20원이 되고 시장가격과 생산가격은 모두 120원이 됩니다. 그러나 농업 분야에서는 불변자본이 70원이고 가변자본이 30원이고 잉여가치가 30원이라고 할 때 사회적 평균이윤은 공업이나 농업이나 다 같이 20원이므로 생산가격은 120원이지만 잉여가치가 30원이기 때문에 농업 분야의 시장가격은 130원이 됩니다. 공업 분야에서는 시장가격과 생산가격에 차이가 없으나 농업 분야에서는 시장가격과 생산가격에 차이가 발생하며 이 차이가 절대지대라는 것입니다. 절대지대의 본질은 크기가 같은 자본이 서로 다른 생산분야에서 잉여가치율이 같더라도 자본구성의 차이에 따라 서로 다른 잉여가치를 생산한다는 점에 있습니다.

우리는 나날의 경제생활을 수요 공급으로 설명하고 있습니다. 그러나 『자본론』은 은행 이자와 상업 이득과 농업지대를 모두 이윤 분유로 설명합니다. 수요 공급과 이윤 분유는 상보관계에 있습니다. 우리는 두 설명 방법을 함께 사용함으로써 한쪽 방법만 사용하는 것보다 경제 현실을 좀더 다각적으로 인식할 수 있게 될 것입니다. 이윤율은 나라의 존립 기반입니다. 이윤율이 끝없이 떨어지면 기업이 파산하듯이 나라도 부도를 냅니다. 수요 공급은 시대를 초월하여 적용할 수 있는 설명 방법인 데 반하여 이윤 분유는 기계시대인 근대에만 적용할 수 있는 설명 방법입니다. "우리에게 일용할 양식을 주옵시고"라는 중세의 기도는 근대에 와서 '우리에게 일용할 기계를 주옵시고'라는 기도로 바뀌었습니다. 언젠가는 나라에서 인공지능을 탑재한 인조인간을 집집마다 나눠주는 시대가 올지도 모릅니다.

가치론과 문화

상품은 노동의 산물입니다. 상품마다 고유의 쓸모를 가지고 있습니다. 쓸모가 서로 다른 상품들을 만드는 구체적 노동들은 쓸모의 차이에 따라 서로 다릅니다. 구두를 만드는 노동과 옷을 만드는 노동은 서로 다른 종류의 노동입니다. 생산의 과정은 인간이 분명한 의도와 설계를 가지고 물질적 대상에 작용하는 노동의 과정입니다. 노동은 하나의 물리적인 힘으로서 원료와 부품들과 같은 노동의 대상에 작용하여 그러한 물질적 대상들을 생산물로 변형합니다. 노동의 효율은 연장과 기계 같은 노동수단의 도움으로 강화됩니다. 작업장과 제조 공장의 부지와 설비 같은 노동 현장도 노동수단에 들어갑니다. 6킬로그램의 면화로 6시간 노동해서 6킬로그램의 면사를 생산할 때, 6킬로그램의 면화 생산에 사용된 노동력이 20시간의 노동시간에 해당하고 소모된 방적기계가 4시간의 노동시간에 해당한다면 6킬로그램의 면사 생산에 투입된 총노동시간은 30시간이 됩니다. 만일 노동생산성이 두 배가 되어 6시간에 12킬로그램의 면사를 생산한다면 면화 생산에 사용된 노동시간은 40시간이 될 것이고 기계의 소모분에 해당하는 노동시간은 8시간이 될 것이며 12킬로그램의 면사 생산에 투입될 총노동시간은 54시간(40+8+6)이 될 것입니다. 면화를 면사로 만드는 노동 즉 옷감을 짜는 데 쓰는 실을 잣는 노동을 구체적 노동이라고 합니다. 쓸모 있는 상품을 만드는 구체적 노동의 목적은 쓰임새에 있습니다. 노동력은 면화 생산과 기계 소모에 지출된 노동시간을 면사를 만드는 과정 속으로 이전합니다. 생산된 면사에는 방적하면서 투입된 현재의 노동시간에 더하여 재료와 기계에서 이전된 과거의 노동시간이 포함되어 있습니다. 생산수단과 노동력을 동일한 척도로 측정할 수 있게 하는 노동을 추상적 노동이라고 합니다. 우리는 하나의 상품을 다른 상품과 교환할 수 있습니다. 수량을 조정하면 옷과 집도 서로 바꿀 수 있습니다. 상품들에는 서로 교환할 수 있는 동질성이 있기 때문입니다. 『자본론』은 이러한 상품의 보편적 동질성을 가치라고 했습니다. 우리가 학교에서 교육하고 학

습하는 경제학에는 가치론이 없습니다. 『자본론』은 가치론을 경제 인식의 토대로 구축했습니다. 『자본론』에서 상품가치는 상품 가격의 근거로 작용합니다. 가치론은 가계나 기업에는 해당하지 않고 나라 경제나 세계경제에 해당하는 영역입니다. 어쩌면 경제학의 한 분야라기보다 인류학의 한 분야라고 하는 것이 가치론의 실질적 내용에 더 적합할지도 모릅니다. 상품의 가치는 상품의 쓸모와는 관계없는 순전히 양적인 척도입니다. 모든 상품은 쓸모와 가치를 동시에 가지고 있습니다. 상품의 가치를 구성하는 것은 구체적 노동이 아니라 질적인 차이를 제거한 추상적 노동입니다. 추상적 노동은 노동의 내용과 개성을 무시하고 측정되는 노동력의 양입니다. 우리는 노동력의 양을 노동시간으로 측정할 수 있습니다. 노동에서 모든 특수성을 제거하면 남는 것은 지속성으로 구별되는 노동시간입니다. 개별 노동자의 경우에는 노동시간도 숙련도에 따라 달라지겠지만 상품의 가치를 결정하는 노동시간은 그 사회의 평균적인 기술 수준으로 사회가 요구하는 시간 동안 수행하는 노동시간입니다. 상품에 포함되어 있는 노동시간은 그 상품을 생산하는 데 사용되는 노동시간입니다. 그것은 일반적 생산 조건하에서 그 상품을 하나 더 새로 만드는 데 요구되는 노동시간입니다. 『자본론』은 구체적 노동과 추상적 노동을 노동의 이중성이라고 했습니다. 근대사회는 구체적 노동이 추상적 노동으로 끊임없이 환원됨으로써 구축되고 영속됩니다. 구체적 노동은 상품의 쓸모를 만들고 추상적 노동은 상품의 가치를 만듭니다. 상품의 가치는 그 상품을 만드는 데 사회적으로 요구되는 추상적 노동의 양에 의하여 결정됩니다. 상품의 가치는 구체적 내용과 무관한 노동력이 생산 과정에서 노동대상에 작용한 결과로 발생합니다. 노동자는 쓸모 있는 상품을 만들기 위해서 자기 일을 할 뿐이지만 노동자 자신은 의식하지 못하는 노동의 이중성이 상품을 생산하면서 동시에 상품의 가치를 생산합니다. 상품은 인간의 욕구를 채워주는 수단입니다. 모든 사람은 일정한 생활수단이 없으면 생존을 유지하지 못합니다. 상품들은 사회가 요구하는 노동시간의 한 부분을 차지하고 있습니다. 사회가 상품들에 일정한 시간을 배당하는 것입니다. 생산재와 소비재는 사회를 재생산하는 수단입니다. 사회가 자신의 존속을 위하여 생산의 각 분야에 일정한 노동량을 할당합니다. 그러나 사회의 할당량을 기업가들은 미리 알 수 없습니다. 기업가가 상품을 시장에 내놓은 후에 시장이 사회가 요구하는 노동시간을 기업가에게 알려줍니다. 상품이 부족하거나 재고가 늘면 그때 기업가는 비로소 자신이 사회가 요구하는 노동시간을 맞추지 못했다는 것을 알게 됩니다. 시장에서 실현되는 상품의 수요는 한 사회의 구매력과 지불 능력을 보여줍니다. 시장은 노동시간의 낭비를 처벌하는 재판관입니다. 많은 기업가가 서로 경쟁하는 시장에서 개별 기업가들은 자신이 생산한 상품들이 실제로 얼마만큼 요구될지 알지 못하며 다른 기업가들이 같은 상품 또는 대체상품을 얼마만큼 생산할지 알지 못하며 해당 상품을 만드는 데 들어간 노동시간의 얼마만큼이 사회적으로 인정될지 알지 못합니다.

노동자는 기업가에게 노동력을 판매하고 기업가는 노동자에게 노동력을 구매합니다. 노동력을 재생산하는 데 들어가는 노동시간과 생산 과정에서 상품을 제조하는 데 투입되는 노동시간에는 차이가 있습니다. 기업가는 구매한 노동력과 생산수단을 생산 과정에 투입하는데 노동력 편에서 보면 자기를 제외한 나머지 생산수단은 노동수단이 됩니다. 생산수단은 새로운 가치를 창출하지 못하며 단지 자신이 가지고 있는 가치를 생산물에 이전할 뿐입니다. 그러나 노동력은 생산수단의 가치를 생산물로 옮기는 동시에 부가적인 가치를 창출합니다. 노동력은 이미 있는 가치와 더 많은 가치의 원천이 되는 특수 상품입니다. 노동자는 구체적 노동을 하고 임금을 받으나 그 자신이 의식하지 못하는 그의 추상적 노동은 그가 받은 임금의 가치보다 더 많은 가치를 창출합니다. 노동력은 생산수단의 가치 이상으로 생산물의 가치를 증가시키는 생산요소입니다. 사회 전체로 볼 때 노동자는 그가 임금으로 받아서 생계에 소비하는 것보다 항상 더 많은 것을 생산합니다. 생산 과정에서 노동력은 지불받은 가치보다 큰 가치를 부가합니다. 생산수단과 노동력은 다 같이 생산요소로 투입되는 상품이지만 과거의 가치를 이전하는 생산수단 투자와 새로운 가치를 부가하는 노동력 투자는 서로 다른 성질의 투자입니다. 가치이전의 불변성과 가치 부가의 차이를 강조하기 위해서 『자본론』은 불변자본과 가변자본이라는 서로 다른 이름으로 이것들을 구별했습니다.

우리는 노동력의 재생산에 소비되는 생활수단의 가치를 노동시간으로 나타낼 수 있고 그것과 생산 과정에 들어가는 전체 노동시간의 차이를 계산할 수 있습니다. 『자본론』은 생계를 위한 노동시간을 필요노동시간이라고 하고 상품 생산 시간 전체와 필요노동시간의 차이를 잉여노동시간이라고 했습니다. 우리는 나라 경제나 세계경제에서 실제 노동시간과 필요노동시간의 차이를 경험적인 자료를 통해서 실증할 수 있을 것입니다. 앞에서 예로 든 기업가는 24시간의 노동시간이 투입된 생산수단(면화와 방적기)에 12실링을 지불하고 하루 여섯 시간 일 시킨 노동자에게 3실링을 지불했습니다. 실링은 1971년에 폐지된 영국의 화폐 단위로서 1실링은 12펜스이며 20분의 1 파운드입니다. 그는 6킬로그램의 면사를 생산해서 15실링에 판매했습니다. 생산비용이 15실링이고 생산수단의 가격이 12실링이므로 면사 6킬로그램의 80퍼센트인 4.8킬로그램은 생산수단의 몫이 되고 20퍼센트인 2킬로그램은 임금의 몫이 됩니다. 노동자는 3실링의 임금으로 하루 동안 소모된 자신의 노동력을 재생산합니다. 노동자에게 노동력의 재생산에 필요한 생활수단을 보장해주지 않으면 어떠한 사회도 생산을 계속할 수 없게 될 것입니다. 이렇게 되면 기업가에게 돌아갈 몫이 없게 됩니다. 일단 노동력을 구매한 기업가는 노동시간을 여섯 시간으로 한정하려고 하지 않으며 기업가에게 노동력을 판 노동자도 노동시간을 필요노동시간으로 국한할 수 없습니다. 열두 시간 일 시키고 12킬로그램의 면사를 만들어 30실링에 팔았다면 그 기업가는 임금으로는 여전히 3실링을 지불하지만 두 배로 소모된 생산수단에 24실링을 지불해서 판매액에서 생산비용 27실링을 뺀 3실링의 이윤을 남기게 됩니다. 노동력과 기계설비가 모두 상품이기 때문에 근대사회의 생산 과정은 글자 그대로 상품에 의한 상품 생산 과정입니다. 잉여가치를 가능하게 하는 조건이 바로 추상적 노동입니다. 노동력만으로 잉여가치를 생산할 수는 없습니다. 노동력은 항상 기계설비와 함께 잉여가치를 생산합니다. 그러나 가치를 이전하는 불변자본은 잉여가치의 피동적 조건이고 가치를 부가하는 가변자본은 잉여가치의 능동적 조건입니다. 기업가들은 잉여노동시간을 늘여서 잉여가치를 크게 하거나 필요노동시간을 줄여서 잉여가치를 크게 합니다. 필요노동시간을 줄이면 잉여노동시간이 늘어나는 결과가 됩니다. 과학과 기술이 발달하면 생활수단의 가격이 하락하여 같은 임금으로 더 많은 양의 생활수단을 구매할 수 있게 됩니다. 생산성이 높아지면 생계를 위한 필요노동시간이 단축됩니다. 생산물 가치와 잉여가치의 관계는 단순하지 않습니다. 생산물 가치의 상승이 잉여가치를 크게 할 수도 있고 생산물 가치의 하락이 잉여가치를 크게 할 수도 있습니다.

근대사회에서는 상품이 인간의 생활양식을 결정합니다. 근대사회는 상류사회와 기층사회로 나누어져 있습니다. 그러나 계급 없는 상품 형태가 근대사회의 계급구조를 은폐하고 있습니다. 개인은 그가 속한 계급의 한계 안에서만 자유롭고 그가 속한 계급의 한계 안에서만 개성을 발달시킬 수 있습니다. 개인은 계급적 개인이 될 수밖에 없는 것입니다. 계급은 개인과 독립한 사회적 존재가 되고 개인을 구속하는 사회적 조건이 됩니다. 개인은 자신의 생활 조건을 계급에 의하여 미리 결정된 것으로 수용합니다. 개인을 구성하는 조건들은 그와 그의 계급을 구성하는 사람들의 일반적인 속성들이 됩니다. 개별자가 일반자가 되는 것입니다. 노동조건은 개인을 직업 단체의 하나에 귀속시키며 결국 자본과 노동 가운데 어느 한쪽으로 밀어넣습니다. 물론 우리는 중간계급의 존재를 부인할 수 없습니다. 미국의 사회언어학자 윌리엄 라보브(William Labov, 1927~)는 뉴욕의 여러 백화점에서 각계각층의 사람들에게 질문을 하고 녹음한 자료에서 중간계급 사람들이 상류사회나 기층사회 사람들보다 유난히 더 표준발음에 집착한다는 사실을 밝혀냈습니다. 상류사회 사람들은 어떻게 발음하건 누가 날 무시하랴 하는 생각에서, 그리고 기층사회 사람들은 어떻게 발음하건 누가 날 존경하랴 하는 생각에서 각자 편한 대로 발음하는데 중간계급 사람들은 표준발음을 해야 인정받는다는 생각에서 표준 규범에 집착한다는 것입니다. 상류사회에서는 끼어주려고 하지 않는데 중간계급 사람들은 상류사회에 속한다는 환상을 가지고 있습니다. 문화를 생활양식이라고 정의할 때 상류사회의 문화와 기층사회의 문화는 여러모로 구별되는 차이를 보여주고 있습니다. 그러나 한 시대에 일반적으로 통용되는 문화는 기층사회의 문화입니다. 상류사회는 다양한 생활수단을 선택할 수 있으나 기층사회에게는 생활수단의 선택 가능성이 지극히 제한되어 있기 때문입니다. 그들은 그렇게 살 수밖에 없고 그러한 문화를 형성할 수밖에 없습니다. 그 시대 대부분의 사람들이 생활하는 양식을 그 시대의 문화라고 합니다. 물질이 인간 생활의 내용과 목표를 지배하는 근대사회에서는 인간의 의식이 물질적 생산관계의 부품이 됩니다. 그러나 기층사회의 문화가 상류사회의 문화보다 더 일반적인 문화라면 그 안에는 더 보편적인 문화로 변화할 수 있는 가능성이 내재해 있을 것입니다. 자본계급과 노동계급은 동일한 의미에서의 계급이 아닙니다. 자본계급의 이해는 본질적으로 일방적이지만 노동계급의 이해는 본질적으로 보편적입니다. 노동계급의 시선은 항상 세계 전체의 변화를 향하고 있기 때문입니다. 인간의 참다운 본성은 그의 보편성에 있습니다. 사람은 모든 사람이 사람다운 사람으로 살아갈 때에만 사람답게 살 수 있습니다. 인간에게 자유는 저만 자유로움이 아니라 함께 자유로움입니다. 인간은 개념과 명제를 먼저 느낌으로 수용하고 구성합니다. 의식과 판단은 항상 느낌보다 뒤에 옵니다. 기층사회의 문화에는 보편적 자유에 대한 느낌이 널리 퍼져 있습니다. 상품 생산은 규모를 확장하기 위한 자본축적을 요구합니다. 생산 규모가 커질수록 노동자들은 스스로 왜소하게 느끼게 되고 자신이 만든 상품을 낯설게 느낍니다. 그들에게 세계는 상품의 집적으로 나타나고 그 세계 안에서 그들은 모든 대상들로부터 멀어지며 동시에 그들 자신에게서도 멀어집니다. 노동 자체가 타인을 위해 타인에게 지시받는 노역이 됩니다. 인간이 하고 싶어서 하는 일은 가능성의 실현을 확인하면서 만족과 기쁨을 느끼는 활동입니다. 근대사회에서 노동은 인간의 정신을 억압하고 육체를 압박합니다. 노동자들은 노동하고 있을 때의 자기를 자기가 아니라고 느끼고 노동하지 않을 때의 자기를 자기라고 느낍니다. 그들에게 노동은 자신의 욕구를 채우는 수단이 아니라 타인의 욕구를 채우는 수단입니다. 노동은 동물과 구별되는 인간의 활동입니다. 그러나 노동자들은 자신의 노동을 동물적인 반복이라고 생각합니다. 만족과 향락이 보편성을 상실하고 서로 쟁취하려고 다투는 동물적인 경쟁으로 변질됩니다. 고립된 개인들이 서로 대립합니다. 그들은 오직 상품을 통해서만 서로 관계합니다. 상품이 개인의 욕망과 자유를 규정합니다. 인간관계는 상품관계가 되고 인간은 화폐의 함수가 됩니다. 화폐는 모든 사람이 숭배하는 근대의 우상입니다. 물신숭배는 근대 생활의 구석구석에 속속들이 파고 들어와 있습니다. 인간을 낯선 대상에 예속시키는 상품의 힘은 점점 커져서 끝내 세계시장을 형성합니다. 노동시간의 문제는 나라 경제의 문제라기보다는 세계경제의 문제라고 해야 할 것입니다. 『자본론』은 임금을 노동의 가치라고 보지 않고 자본을 근면의 결과라고 보지 않고 이윤을 기업가의 보수라고 보지 않습니다. 그러한 시각은 보편적 자유의 실현에 도움이 되지 않는다고 생각하기 때문일 것입니다. 보편적 자유에 대한 암시가 자본론의 여기저기에 짧게 언급되어 있습니다. 보편적 자유가 실현된 세계를 공산주의 사회라고 합니다. 공산주의는 인간이 자기 자신으로 복귀하는 개인주의의 참다운 형태입니다. 명시적으로 언급하지는 않았으나『자본론』의 최종 목적은 자유로운 개인들이 전 지구적으로 연대하여 개인의 자유와 행복을 보편적으로 실현하는 세계에 있다고 추측해볼 수 있습니다. 불교의 정토는 아미타불이 총장이고 관세음보살이 학장인 대학입니다. 선생들은 최고로 열심히 가르치고 학생들은 최고로 열심히 배워서 그 대학의 졸업생들은 하나도 빠짐없이 깨달음을 얻습니다. 계급도 없고 국가도 없고 오직 자유로운 개인들의 연합만 존재하는 공산주의와 여자도 없고 불구자도 없고 오직 일심으로 공부하는 학생들만 존재하는 서방 정토 가운데 어느 쪽이나 객관적 가능성을 말하기 어려운 환상이라는 점에서는 같다고 하지 않을 수 없을 것입니다.『자본론』에는 사실을 분석하는 문장들이 대부분이지만 간혹 환상을 암시하는 문장들이 섞여 있습니다. 그런데 그런 비현실적인 문장들이 읽는 재미를 선사하기도 합니다.

우선『자본론』에서 생산 체계가 불변자본과 가변자본과 잉여가치로 구성되어 있다는 명제는 사실로 인정해도 좋을 것입니다. 잉여가치를 가변자본으로 나눈 잉여가치율, 잉여가치를 불변자본과 가변자본의 합으로 나눈 이윤율, 불변자본을 가변자본으로 나눈 자본-노동 비율도 경제 현실을 인식하는 데 유효하게 쓸 수 있는 지표들이라고 해도 괜찮을 것입니다. 실제 노동시간과 필요노동시간의 차이도 실증적인 조사로 확인할 수 있을 것입니다. 그러나 그 차이를 잉여노동시간이라고 부르고 잉여노동시간이 잉여가치의 근거가 된다는 명제는 이론 명제이지 아직 경험적으로 증명된 사실이라고 할 수 없을 것입니다. 기계와 원료는 그것들의 가치를 상품에 이전할 뿐이나 노동력은 그것의 가치를 상품에 이전할 뿐 아니라 새로운 가치를 상품에 추가하므로 노동력에 대한 투자를 가변자본이라고 한 것도 가치이전과 가치 추가의 대조가 아니라 불변하는 물건과 가변하는 사람의 대조라고 생각하면 굳이 반대할 것까지 없을 것입니다. 문제는 잉여노동이 잉여가치의 근거라는 명제에 있습니다. 노동시간이 필요노동시간과 잉여노동시간으로 구성되어 있는데 잉여가치는 노동력이 생산 과정에서 상품에 추가한 것이므로 잉여가치와 잉여노동시간은 동일한 것이다라는 문장에는 논리적 오류가 없습니다. 다만 아직 경험적인 자료를 통해서 실증되었다고 확인할 수 없기 때문에 맞는 문장인지 틀린 문장인지 결론을 내리기 어렵습니다. 세계경제에서 그것이 어려우면 어느 한 나라의 경제에서 전체 생산 분야의 필요노동시간과 잉여노동시간을 측정한 후에 다시 화폐로 측정한 불변자본과 가변자본과 잉여가치 가운데 가변자본 투자와 필요노동시간, 그리고 잉여가치와 잉여노동시간이 일치하는지 비교해보아야 할 것입니다. 화폐로 측정한 잉여가치와 시간으로 측정한 잉여노동시간의 일치를 증명하는 데는 번거로운 수식을 만드는 것보다 경험적인 자료를 철저하게 수집해서 제시하는 것이 더 좋습니다. 만일 잉여가치와 잉여노동시간의 일치가 증명된다 하더라도 그러한 증명에서 기업가들의 이윤을 제로로 하자는 주장이 도출될 수는 없습니다. 기계가 없으면 노동자들이 일을 할 수 없듯이 기업가가 없으면 노동자는 실력을 발휘할 수 없습니다. 현실에서는 기업가와 노동자들의 계급투쟁이 잉여가치를 구성하는 임금과 이윤의 배분비율을 항상 새롭게 조정하고 있습니다. 노동자들은 단결하여 투쟁해야 임금을 올릴 수 있다고 생각하고 기업가들은 노동자의 요구를 힘껏 방어해야 이윤을 올릴 수 있다고 생각합니다. 계급투쟁은 생산 현장에서 항상 전개되고 있는 일상 현실입니다. 계급투쟁이 임금과 이윤을 결정하는 일상의 절차라는 사실은 확실합니다. 그러나 계급투쟁이 세계를 바꿀 수 있다는『자본론』의 가설은 불확실한 추측입니다. 잉여가치를 기업이 가지지 않고 국가가 가지는 경우에 노동자들이 국가에 대항하여 이의를 제기하기 곤란하기 때문에 노동자들의 사정은 더 열악해집니다. 『자본론』의 교훈은 노동시간에 대한 관심을 불러일으킨 데 있습니다. 우리는 자기 나라에서, 그리고 가능하면 세계 전체에서 노동시간에 대한 자료를 철저하고 광범위하게 수집해야 합니다. 그리고 실증적 자료에 근거해서 잉여노동시간을 줄이려는 노동자들의 투쟁을 지원해야 합니다. 세계의 사회적 잉여가 기층사회로 더 많이 배분되면 더 많이 배분될수록 기층사회의 문화에 내재하는 보편적 창조력이 평화와 자유를 이 지구에 더 넓게 확산하는 방향으로 실현될 수 있게 될 것입니다. 기층사회의 보편적 희망은 공산주의나 서방정토 같은 환상이 아니라 아이들이 이 땅에서 굶지 않고 학교에 갈 수 있고 병원에 갈 수 있는 세상입니다. 가치론도 기계만 가지고는 아무것도 안 된다는 의미로 해석할 수 있을 것입니다. 지구에 사람이 없어지면 공해 없는 좋은 지구가 될지도 모르겠습니다. 그러나 2백만 년 동안 관용이란 행동 규칙과 정직이란 언어 규칙을 훈련해온 인간의 문화에는 기계가 대체하지 못하는 의미가 있습니다. 사람이 빠지면 안 된다는 데 가치론의 의미가 있습니다. 『자본론』에는 사람됨의 의미에 대한 질문이 들어 있습니다. 맹자는 "『서경』을 글자 그대로 다 믿는다면 『서경』이 없는 것만 못하다(盡信書則不如無書: 「盡

心』)"고 했습니다. 우리는 『자본론』도 비판적으로 생각하면서 읽어야 합니다. 생각할 거리가 많다는 것이 『자본론』이란 책의 좋은 점입니다.

『자본론』 절요

제1권

1 상품은 질적으로 구별되는 사용가치와 양적으로 구별되는 교환가치를 가지고 있다. 교환가치에는 티끌만큼의 사용가치도 포함되어 있지 않다. 사용가치를 무시하면 상품에는 노동의 생산물이라는 오직 하나의 성질만 남게 된다. 노동 생산물의 성질 자체가 우리의 수중에서 변화한다. 노동의 생산물을 사용가치로 만드는 물질적 요소와 형태로부터 추상하여 우리는 상품을 더 이상 집이나 탁상이나 방적사 같은 쓰임새로 보지 않는다. 물질적 사물이라는 그것의 존재

가 우리의 시야에서 사라진다. 그것은 더이상 석공이나 방적공이나 가구장이가 만든 특정 유형의 노동 생산물이 아니다. 우리는 생산물의 유용한 속성과 생산물에 구체화된 노동의 유용한 특성과 생산적 노동의 구체적 형태를 모두 시야 밖으로 제쳐놓는다. 그것들 모두에서 공통된 것을 추상하면 모든 상품은 동일한 유형의 노동인 추상적 인간 노동으로 환원된다.

2 상품에 대상화되어 있는 추상적 인간 노동이 상품의 가치를 형성한다. 그렇다면 이 가치의 크기는 어떻게 측정되어야 하는가? 상품에 함유된 가치 창조의 실체는 노동의 양이다. 노동의 양이 가치 측정의 척도이다.

3 상품 가치의 크기를 결정하는 것은 그 상품의 생산에 그 사회가 요구하는 노동량 또는 노동시간이다. 개별 상품은 각종 상품의 평균적인 견본이다. 동일한 시간에 생산된 상품들은 동일한 가치를 가진다. 동일한 노동량이 대상화되었기 때문이다. 어떤 상품가치와 다른 상품가치의 관계는 어떤 상품 생산에 요구되는 노동시간과 다른 상품 생산에 요구되는 노동시간의 관계와 같다. 가치로서는 모든 상품이 일정량의 응고된 노동시간일 따름이다.

4 숙련노동은 강화된 단순노동이다. 일정량의 숙련노동은 그 일정량보다 더 많은 단순노동 즉 단순노동의 몇 배로 환산된다. 우리는 일상의 경험을 통해서 숙련노동의 일정량이 단순 미숙련노동의 일정량으로 환산되는 사실을 확인할 수 있다. 가치를 측정할 때에는 숙련노동의 생산물도 단순 평균 노동의 생산물과 같이 취급된다.

5 사용가치는 상품에 포함된 노동을 질적으로 평가한 것이며 가치는 상품에 포함된 노동을 양적으로 평가한 것이다. 상품의 가치는 순수하고 단순한 인간 노동으로 환원된다. 우리는 사용가치의 경우 어떻게 만든 무엇인가라고 질문하고 가치의 경우 평균적으로 얼마만큼 긴 시간인가라고 질문한다.

6 상품들과 생산자들의 관계는 생산자들의 사회적 관계가 아니라 노동 생산물들의 사회적 관계로 나타난다. 상품이라는 노동 생산물의 특징에는 감각으로 인지되는 측면과 감각으로 인지되지 않는 측면이 있다. 우리는 빛을 시신경에 대한 주관적 자극으로 감지할 수도 있고 눈의 외부에 존재하는 객관적 형태로 감지할 수도 있다. 그러나 어느 경우에든 빛은 사물에서 사물로, 대상에서 눈으로 운동하고 있다. 노동 생산물인 상품들의 가치 관계는 물리적 사물들의 물리적 관

계와 다르다. 인간들의 사회적 관계인 상품들의 가치 관계가 사물들의 환상적 관계로 나타날 뿐이다.

7 상품은 가치로 실현된 인간 노동이다. 상품을 같은 단위로 계량할 수 있게 하는 것은 화폐가 아니라 인간 노동이다. 상품의 가치를 측정하는 특수 상품이 상품 가치의 공통 척도인 화폐인데 가치 척도로서의 화폐는 상품에 내재하는 노동시간이라는 가치 척도의 필연적 현상 형태이다.

8 일정 기간 유통수단으로 기능하는 화폐의 총량은 유통상품들의 가격 총계와 형태 변환의 신속성에 의존한다. 주화가 평균적으로 가격 총계의 얼마만큼을 실현할 수 있는가는 형태 변환의 신속성에 달려 있다. 화폐라는 유통상품의 가격 총계를 결정하는 것은 수량이다. 가격 상황과 유통상품량과 화폐의 유통속도는 모두 가변적이다.

9 상품시장은 상품 소유자들로 넘쳐난다. 사람들이 서로 상대방에게 행사하는 권력은 상품의 권력이다. 다양한 상품들이 교환행위의 물질적 자극으로 작용한다. 어느 누구도 자신의 욕구 대상을 가지고 있지 않으며 각자 자신의 수중에 타인의 욕구 대상을 가지고 있기 때문에 구매자와 판매자는 서로 의존한다. 상품에는 사용가치의 물질적 차이 이외에 상

품의 형태 변환으로 인한 상품 형태와 화폐 형태의 차이가 내재한다. 상품 소유자들은 상품 판매자가 되고 화폐 소유자들은 상품 구매자가 된다.

10 다른 모든 상품의 경우와 같이 노동력의 가치는 노동력을 생산하는 데 필요한 노동시간에 의해서 결정된다. 노동력이라는 특정 상품을 재생산하는 데 필요한 노동시간을 필요노동시간이라고 한다. 노동력의 가치는 상품에 대상화된 사회적 평균 노동의 일정량 이상을 대표하지 않는다. 노동력은 살아 있는 개인의 능력이고 역량이다. 노동력의 생산은 개인의 존재를 전제한다. 개인에게 노동력의 생산은 생존을 유지하기 위한 그 자신의 재생산이다. 살아남아 노동을 계속하기 위하여 그는 일정량의 생활수단을 구매해야 한다. 노동력의 생산에 필요한 노동시간은 생활수단의 생산에 필요한 노동시간으로 환원된다. 노동력의 가치는 노동자의 생계유지에 필요한 생활수단의 가치이다.

11 노동자가 노동력을 양도하는 시기와 구매자가 노동력을 사용가치로 고용하는 시기는 분리되어 있다. 구매자가 임금을 지급하고 노동력을 실질적으로 소유하는 것은 노동력이 양도되고 나서 일정 기간이 지난 후이다. 노동력의 사용가치

를 판매한 노동력의 양도 시기는 구매자의 실질적 고용 시기와 어긋난다. 노동력의 구매자에게는 아직 지출되지 않은 화폐가 지불수단으로 기능한다. 자본주의 생산양식이 일반화된 모든 나라에서 계약에 의해 일정 기간, 예를 들어 한 주일 동안 노동력을 사용한 후에 화폐를 지불한다. 노동력의 사용가치는 자본가에게 선대(先貸: 미리 제공)된다. 자본가는 노동력을 소비한 후에 노동력의 가격을 지불한다.

12 노동은 원료와 생산수단들을 마모시키는 소비이다. 노동은 개인소비와 구별되는 생산적 소비이다. 생산적 소비는 상품을 생산한다. 개인소비는 상품을 살아있는 개인의 생활수단으로 소비한다. 개인소비가 생산하는 것은 노동과 개인의 생활이다.

13 노동자는 면사라는 생산물에 면화 가치를 이전하고 방추 가치의 일부를 이전하면서 동시에 면화에 가치를 부가한다. 그는 가치 이전과 기치 부가를 따로 작업하지 않는다. 새로운 가치를 부가하는 작업이 바로 생산수단의 가치를 보존하는 작업이다. 동일한 작업의 결과로 노동대상에 새로운 가치가 부가되고 생산수단의 가치가 보존된다. 이 상이한 결과의 원인은 노동의 이중성에 있다. 가치 이전이 하나의 속

성이고 가치 부가가 또하나의 속성이다.

14 기술이 혁신되어 방적공이 36시간에 방적하던 면화를 6시간에 방적하게 되었다면, 노동의 효과가 이전보다 여섯 배나 상승하여 여섯 시간에 만든 생산물이 6파운드(약 2.7킬로그램)에서 36파운드(약 16킬로그램)로 여섯 배 증가하였다. 그러나 36파운드의 면화는 이전과 같이 6파운드를 생산하는 노동량을 흡수할 뿐이다. 1파운드의 면화에 흡수된 노동량은 이전과 비교하여 6분의 1이 된다. 6시간의 방적으로 방적공의 노동이 1파운드의 원료에 부가한 가치는 이전의 6분의 1이고 생산물에 이전된 원료의 가치는 이전의 6배이다. 이것은 노동의 이중성이 본질적으로 서로 다른 성질이라는 것을 보여준다. 노동에는 가치를 보존하는 성질과 가치를 창조하는 성질이 있다.

15 생산수단과 노동력은 본래의 자본가치가 화폐 형태로부터 노동 과정의 다양한 요소들로 변환될 때 취하는 존재양식들이다. 원재료와 보조재료와 노동수단은 생산 과정에서 가치의 양적 변화를 겪지 않는다. 그러므로 나는 자본의 이 부분을 자본의 불변 부분 또는 불변자본이라고 부르겠다. 노동력으로 대표되는 자본 부분은 생산 과정에서 가치 변화를

켜는다. 노동력은 자기 가치의 등가를 재생산하면서 동시에 초과분의 잉여가치를 생산한다. 이 자본 부분의 크기는 상황에 따라 끊임없이 바뀐다. 그러므로 나는 이 자본 부분을 자본의 가변 부분 또는 가변자본이라고 부르겠다.

16 나는 작업일 가운데 노동력의 재생산에 필요한 부분을 필요노동시간이라고 하고 이 기간에 지출된 노동을 필요노동이라고 하겠다. 필요노동은 노동의 특수한 사회 형태와는 독립적으로 자신의 생존 문제가 달려 있기 때문에 노동자에게 필요한 노동이며 자본가의 존립이 노동자의 존립에 달려 있기 때문에 자본가에게 필요한 노동이다.

17 노동일은 불변량이 아니라 가변량이다. 노동일 가운데 한 부분은 노동자 자신의 노동력을 재생산하는 데 필요한 노동시간에 따라 결정되지만 노동일의 총량은 노동일 가운데 다른 한 부분인 잉여노동에 따라 변동된다.

18 자본가는 그의 노동을 두 부분으로 나누어 한 부분을 생산수단에 지출하고 다른 한 부분을 노동력에 지출한다. 동일한 사회적 생산양식의 기반 위에서도 불변자본과 가변자본의 분할은 생산 부문에 따라 다르며 동일한 생산 부문에서도 생산 과정의 기술 조건과 결합 방식에 따라 다르다. 그러

나 자본이 불변 부분과 가변 부분으로 어떻게 분할되더라도 (그 분할 비율이 1:2거나, 1:10이거나, 1:x거나) 불변자본의 가치는 새로운 가치를 창조하지 않고 생산물의 가치에 재현될 뿐이다. 천 명의 방적공을 고용하면 백 명을 고용했을 때보다 원료와 방추를 더 많이 사용하게 된다. 추가된 생산수단의 가치는 상승하거나 하락하거나 불변하거나 하겠지만 생산수단의 크기는 생산수단을 움직이는 노동력이 잉여가치를 창조하는 과정에 어떠한 영향도 미치지 않는다.

19 노동일의 연장으로 생산된 잉여가치를 절대적 잉여가치라고 부르자. 필요노동시간이 단축됨으로써 노동일 구성의 변경을 통해서 생산된 잉여가치를 상대적 잉여가치라고 부르자.

20 상대적 잉여가치는 노동생산력에 비례한다. 상대적 잉여가치는 생산력이 상승하면 상승하고 생산력이 하락하면 하락한다. 화폐가치가 불변이라고 가정하면 12시간이 임금과 잉여가치로 어떻게 나누어지는가와 상관없이 12시간의 사회적 평균 노동일은 6실링의 새로운 가치를 생산한다. 그러나 생산력이 개선되어 생활필수품의 가치가 하락하고 하루 노동력의 가치 즉 하루치 생활수단의 가치가 5실링에서 3실링으로 축소되면 잉여가치는 1실링에서 3실링으로 증가한

다. 노동력의 가치를 재생산하는 데 10시간이 필요했는데 6시간이 필요하게 되었다면 4시간이 필요노동의 영역에서 풀려나와 잉여노동의 영역에 합류한다. 그러므로 자본에는 상품의 가격을 낮추어 노동력의 가치를 내리기 위해 노동생산력을 높이려는 성향이 내재한다.

21 기계는 노동 과정에 전체로 참여하고 가치 형성 과정에 부분으로 참여한다. 기계는 마모되는 가치보다 더 많은 가치를 상품에 부가하지 않는다. 기계의 가치와 주어진 시간에 기계에서 생산물로 이전되는 가치 사이에는 차이가 있다. 기계의 수명이 길수록 그 차이는 더욱 커진다. 노동수단들이 노동 과정에 전체로서 참여하며 가치 형성 과정에는 매일의 평균적 마모에 비례하여 참여한다는 것은 의심할 여지 없는 사실이다.

22 시장에서 화폐 소유자와 대면하는 것은 노동이 아니라 노동자이다. 노동자는 그의 노동력을 판매한다. 그가 노동을 시작하자마자 노동력은 그를 떠나 타자에게 귀속된다. 노동자는 자기에게 속하지 않는 노동력을 더이상 판매할 수 없다. 노동은 가치의 실체이며 가치의 내재적 척도이지만 노동 그 자체는 가치를 지니지 않는다.

23 노동자는 노동을 이중적인 방식으로 소비한다. 노동자는 생산 과정에서 노동으로 생산수단을 소비하며 생산수단을 선대 자본보다 더 큰 가치의 생산물로 전환한다. 이것이 노동력을 소유한 노동자의 생산적 소비이며 노동력을 구매한 자본가의 노동력 소비이다. 생산적 소비와 개인적 소비는 전혀 다르다. 노동력을 생산적으로 소비할 때 노동자는 자본가에게 속한다. 노동자는 생산수단을 움직이는 자본의 동력이다. 임금을 개인적으로 소비할 때 노동자는 자신에게 속하며 생산 과정의 외부에서 생존에 필요한 활동을 수행한다. 생산적 소비의 결과는 자본가의 생존이고 개인적 소비의 결과는 노동자의 생존이다.

제2권

24 자본의 순환운동은 세 단계로 전개된다. 첫째 단계에서 자본가는 상품시장과 노동시장의 구매자로 등장한다. 그의 화폐는 상품으로 바뀌며 화폐-상품이라는 유통 행위를 거친다. 둘째 단계에서 자본가는 구매한 상품을 생산적으로 소

비한다. 자본가는 상품 생산자로 활동한다. 그의 자본은 생산 과정을 통과한다. 그 결과로 생산에 투입된 요소들의 가치보다 더 큰 가치의 상품이 생산된다. 셋째 단계에서 자본가는 판매자로서 시장으로 돌아온다. 그의 상품은 화폐로 바뀌며 상품-화폐라는 유통 행위를 거친다. 화폐자본은 화폐-상품……생산과정……가치가 부가된 상품-더 많은 화폐의 순서로 순환한다. 점선은 유통 과정이 생산 기간에 중단된다는 것을 가리킨다.

25 노동력은 판매되어 생산수단과 결합되어야 생산적으로 활용될 수 있다. 판매되기 전의 노동력은 생산수단과 분리된 물질적 조건으로 존재한다. 이러한 분리 상태에서 노동력은 상품 생산에 직접 사용할 수 없는 잠재적 사용 가능성으로 존재할 뿐이다. 구매자에게 판매되어 생산수단과 결합되는 순간부터 노동력은 생산수단과 함께 생산자본의 일부가 된다.

26 생산수단과 노동력은 선대된 자본 가치의 존재 형태로서 가치, 즉 잉여가치를 창조하는 생산 과정에서 담당하는 상이한 역할에 따라 불변자본과 가변자본으로 구분된다. 생산수단은 생산 과정의 밖에서도 여전히 자본으로 간주되나 노동력은 생산 과정의 안에서만 자본으로 간주된다. 노동력은

판매자인 노동자의 수중에서는 상품이 되고 구매자인 자본가의 수중에서는 자본이 된다. 생산자본은 생산 과정 밖에서도 자본으로 간주되기는 하지만 노동력과 결합한 후에야 생산자본의 역할을 수행한다.

27 화폐자본과 상품자본은 유통의 다양한 국면에서 자본가치가 취하는 두 형태이다. 생산자본은 생산 국면에 속하는 자본가치의 형태이다. 순환과정 전체를 통하여 하나의 형태를 취했다가 벗어버리고 다른 형태를 취하며 순환을 계속하는 자본을 산업자본이라고 한다. 여기서 산업은 자본주의의 기반 위에서 가동되는 산업 분야들을 포괄하는 명칭이다.

28 운송업이 판매하는 상품은 공간 이동이다. 운송 과정은 운송업의 생산 과정이다. 인간과 재화는 운송수단과 함께 여행한다. 운수 노동자들은 운송수단으로 장소의 변경을 생산한다. 운송이란 상품은 공간의 이동이 생산되는 동안만 소비될 수 있다. 공간 이동이 완료되기 전까지 운송은 상품으로 유통되지 않으며 상업의 품목으로 기능하지 않으며 어떠한 유용한 것으로 존재하지 않는다. 공간 이동의 가치는 다른 상품들처럼 소비된 생산수단과 노동력의 가치에 운송 노동자들의 잉여노동이 창조한 잉여가치를 합계한 크기이다.

29 가치가 부가된 상품이 판매되어 화폐로 전환되면 이 화폐는 재생산 과정의 투입 요소로 재전환된다. 가치가 부가된 상품을 최종 소비자가 구매하든 아니면 재판매를 목적으로 하는 상인이 구매하든 결과에는 차이가 없다. 자본주의적 생산방식으로 대량생산된 상품량은 생산의 규모를 확장할 필요성에 의존할 뿐, 사전에 의도된 수요와 공급에 의존하지 않는다. 대량생산된 상품량은 다른 산업자본가와 도매상 이외에는 직접 구매자를 찾지 못한다.

30 자본주의 생산의 성격은 선대 자본(투자자본) 가치의 자기증식에 의해 결정된다. 잉여가치의 생산과 잉여가치의 자본전환이 자본주의 생산의 특징이다. 자본축적의 확장과 생산규모의 확대는 잉여가치 생산수단의 확대로 나타난다. 자본주의 생산의 이러한 일반 경향은 개별 자본들의 필연적인 운명이 된다. 자본이 자신을 보존하는 조건은 자본의 끊임없는 확장이다.

31 자본의 순환은 한 단계에서 이탈하여 다음 단계로 이행하면서 단계들의 계기를 형성한다. 자본의 기능 형태들 가운데 하나가 자본순환의 출발점이 되고 회귀점이 된다. 자본의 총순환은 세 순환의 통일이다. 세 순환은 과정의 연속성을

형성하는 서로 다른 형태들이다. 자본의 기능 형태들 각각은 특수한 순환을 형성하며 순환과정 전체의 연속성을 구성한다. 한 기능 형태의 순환은 다른 기능 형태의 순환에 의존한다. 자본의 순환과정은 자본의 재생산과정이다. 개별 기능 형태의 순환은 전체 생산 과정의 한 조건으로 작용한다. 하나의 기능 형태는 순환하면서 자본의 다른 기능 형태에서 자신의 존재를 발견한다. 자본의 일부는 끊임없이 변환하고 끊임없이 재생산하면서 화폐로 전환되는 상품자본으로 존재한다. 자본의 다른 일부는 생산자본으로 전환되는 화폐자본으로 존재하며 자본의 또다른 일부는 상품자본으로 전환되는 생산자본으로 존재한다. 총자본은 이 세 단계를 통과하면서 자본의 연속적인 순환을 형성한다.

32 자본주의 생산은 일반적 생산 형태로서의 상품 생산이다. 자본주의가 발전하는 과정에서 상품 생산은 더욱 일반화된다. 노동 자체가 상품화되어 노동자가 자신의 노동력을 판매하게 되기 때문이다. 우리는 노동자가 노동력을 노동력의 생산비용에 해당하는 가치, 다시 말하면 노동력을 재생산하는 생활수단의 가치로 판매한다고 가정했다. 노동자는 노동력을 판매하는 임금노동자가 되고 자본가는 노동력을 구매

하는 산업자본가가 된다.

33 생산 영역과 두 유통 영역을 통과하는 자본의 운동은 시간상 순차적으로 전개된다. 생산수단과 노동력을 구매하는 국면이 앞 유통 영역이고 생산된 상품을 판매하는 국면이 뒤 유통 영역이다. 두 유통 영역 사이에 생산 영역이 있다. 생산 영역에 머무르는 동안은 생산기간이며 유통 영역에 머무르는 동안은 유통기간이다. 총순환기간은 생산기간과 유통기간의 합이다.

34 유통비용은 전환된 가치를 상품 형태로부터 화폐 형태로 바꾸는 비용이다. 유통의 대리인으로 활동하는 자본주의적 상품 생산자는 대규모로 구매하고 대규모로 판매하며 대리 기능을 대규모로 수행한다는 점에서 직접 상품 생산자와 다르다. 직접 상품 생산자가 유통 대리인을 고용하여 임금노동자로 사용하더라도 유통 대리인의 속성은 변하지 않는다. 유통과정에서 자본의 형태 변환에 어느 정도의 노동력과 노동 기간이 추가 투자로 소요된다. 가변자본의 일부가 유통 영역의 노동력 구매에만 지출된다. 그러나 이러한 자본 선대(투자)는 생산물이나 가치를 생산하지 않는다. 유통 영역의 투자는 생산 영역의 투자를 잠식하므로 유통 영역의 자

본 선대는 생산적으로 기능하는 선대 자본의 규모를 어느 정도 축소한다. 이것은 마치 생산물의 일부가 나머지 생산물을 매매하는 기계로 전환되는 경우와 같다. 이 기계는 생산물로부터의 공제분이다. 유통에 지출되는 노동력을 감소시킬 수 있다 하더라도 그것은 생산 과정에 참여하는 것이 아니라 유통비용의 일부를 형성하는 것이다.

35 자본이 순환하는 주기적 과정을 회전이라고 한다. 회전기간은 생산기간과 유통기간의 합계이다. 생산기간과 유통기간이 회전기간을 형성한다. 자본의 생애 과정에 반복되는 주기성, 생산 과정의 갱신, 동일한 자본가치의 증식과정, 총자본 가치의 한 순환 기간과 다음 순환 기간의 간격 같은 것들이 회전기간을 결정하는 데 관여한다. 우연과 요행의 영향이 없는 것은 아니지만 회전기간은 근본적으로 투자 분야에 따라 다르다. 하루가 노동력을 측정하는 자연 단위이듯이 1년은 자본의 회전을 측정하는 자연 단위이다. 1년을 회전기간으로 나누면 회전 수가 나온다. 회전기간이 3개월이면 자본은 1년에 네 번 회전한다.

36 불변자본 가운데 유동자본(유동불변자본)은 1년에 소모되는 부분이고 고정자본(고정불변자본)은 매년 일부씩 다년에

걸쳐서 소모되는 부분이다. 가변자본을 1년에 소모되는 유동자본으로 취급하여 임금을 유동가변자본이라고 하는 경우도 있다. 내구성이 향상됨에 따라 고정자본의 수명이 연장되지만 자본주의 생산양식이 발달하고 생산수단이 지속적으로 혁신됨에 따라 고정자본의 수명이 단축되기도 한다. 생산수단의 변화는 자본가에게 물리적인 수명이 다 되기 전에 고정자본을 대체하도록 강요하고 고정자본의 상각비 계산에서 추정 수명을 단축하도록 강제한다. 현대 산업의 중요분야에서 고정자본의 수명이 평균 10년이라고 가정한 사람이 있다. 그러나 우리는 정확한 수치에 관심이 없다. 고정자본의 회전주기는 주기적 공황의 물질적 기반으로 작용한다. 수년에 걸쳐서 같은 고정자본을 유지하며 생산량을 확대하는 호황기와 수명이 다하기 전에 고정자본을 서둘러 대체하는 불황기가 계기적으로 반복된다. 공황에는 고정자본의 대체 속도가 더욱 빨라진다. 자본이 투자되는 내용은 경기의 단계마다 다르다. 시기적으로 공황은 새로운 대규모 투자의 출발점이 된다. 고정자본의 대체가 주로 공황기에 이루어지므로 사회 전체의 관점에서 볼 때 공황은 다음 순환주기의 물질적 기반이 된다.

37 만일 노동력에 지출된 자본 부분을 전적으로 고정자본과 대비되는 유동자본의 관점에서 본다면 불변자본과 가변자본의 구별이 고정자본과 유동자본의 구별과 뒤섞이게 될 것이다. 노동수단의 소재적 실체가 고정자본의 성격을 규정하는 근거라고 가정하듯이 노동력에 투자된 자본의 소재적 실체가 유동자본의 성격을 규정하는 근거라고 가정한다면 유동자본을 가변자본의 소재적 실체라고 착각하게 될 것이다.

38 노동력에 지출된 가치가 고정자본처럼 조금씩이 아니라 생산물로 전부 이전하며 생산물 판매에 의해서 완전히 대체된다고 생각하면 임금에 지출된 자본 부분은 활동하는 노동력의 가치가 아니라 노동자가 임금으로 구매하는 물질 요소들로 구성된다고 해야 한다. 노동자의 개인적 소비는 생활수단으로 이전되는 상품자본 부분들로 구성된다. 필요노동과 잉여노동의 차이를 무시하면 고정자본은 천천히 대체되는 노동수단이 되며 노동력에 지출된 자본은 빠르게 대체되는 생활수단이 된다.

39 우리가 노동일이라고 말할 때에는 노동자가 매일 노동하는 시간을 의미한다. 우리가 노동기간이라고 말할 때에는 어떠한 산업 부문에서 완성된 생산물을 제조하는 노동일의 수를

의미한다.

40 재생산 방정식은 두 부분으로 이루어진다. 한 부분은 생산수단을 생산하는 부문이고 다른 한 부분은 소비재를 생산하는 부문이다. 각 부문의 방정식은 생산수단이 소모한 가치와 노동력이 창조한 가치로 구성된다. 재생산 방정식에는 세 가지 특징이 있다. 첫째 부문 간에 분배되어야 할 상품의 수요를 나타내며 생산되는 생산물의 소재적 특성을 대표한다. 둘째 생산물로 이전된 가치와 생산된 가치로 나뉘며 생산된 가치는 다시 노동에 분배된 가치와 잉여가치로 나뉘는데 노동력이 생산한 가치는 매년 부가되는 가치를 대표한다. 셋째 자본이 축적되어 재생산 과정이 확대될 때 잉여가치가 추가로 분배되는 불변자본과 가변자본의 기술적 관계를 표현한다.

41 소비재는 생필품과 사치재로 구별된다. 생필품은 생활을 위해 필수적으로 소비해야 할 상품들이다. 생필품은 노동자 소비의 전부이고 자본가 소비의 일부이다. 사치재는 반드시 필수적인 상품은 아니지만 그것의 사용가치가 소비의 풍요로움을 증대시키는 상품이다. 사치재를 구매하는 자본가들의 소득은 잉여가치에서 나온다.

제3권

42 상품가치 가운데 잉여가치 부분은 노동자에게 지불하지 않은 노동비용이 되기 때문에 자본가에게는 비용으로 계산되지 않는다. 자본주의 생산 토대 위에서 노동자는 생산 과정에 참여하여 생산자본의 질료가 된다. 자본가가 상품의 실제 생산자처럼 나타나고 비용가격이 상품의 실제 비용처럼 나타난다. 실재와 외양이 구별되지 않고 외양이 실재로 오인된다. '상품가치=불변자본+가변자본+잉여가치'라는 식은 '상품가치=비용가격+잉여가치'라는 식으로 전환된다.

43 선대된 자본가치를 구성하는 다양한 요소들이 노동수단과 원료와 보조 원료와 노동 등의 물질적으로 다양한 생산요소들에 지출된다. 상품의 비용가격은 이처럼 물질적으로 다양한 생산요소들을 구매하는 비용이다. 비용가격은 고정자본과 유동자본으로 구성된다.

44 자본가는 가치 증식의 원인을 생산 과정의 자본 자체라고 생각한다. 생산 과정 이전에 없었던 가치가 생산 과정 이후에 증식되었기 때문이다. 잉여가치는 생산수단과 노동으로 구성된 자본가치의 요소들에서 발생하는 것처럼 보인다. 이

모든 요소들이 다 같이 비용가격을 형성하기 때문이다. 지출된 자본은 임금과 생산수단의 가치로 구성되어 있으며 불변자본의 크기와 가변자본의 크기에 상관없이 이 모든 요소들이 선대 자본으로 획득한 가치를 생산물의 가치에 부가한다는 것이 자본가의 믿음이다.

45 자본가는 상품에 포함된 잉여노동을 노동자에게 지불한 부분과 똑같이 사용한다. 잉여노동은 지불된 노동과 마찬가지로 가치를 창조하고 가치를 부가하는 요소로 상품에 참여한다. 자본가의 이윤은 지불하지 않고 판매할 수 있는 무엇에서 유래한다. 잉여가치 또는 이윤은 비용가격을 상회하는 상품의 초과 가치이고 지불노동을 상회하는 총노동의 초과분이다. 상품에 대상화된 잉여가치는 그 근원이 무엇이든 선대된 총자본을 상회하는 잉여로 계산할 수 있다. 총자본(불변자본+가변자본)에 대한 잉여(잉여가치)의 비율을 이윤율이라고 한다. 이윤율은 가변자본에 대한 잉여가치의 비율인 잉여가치율과 다르다.

46 비용가격을 상회하는 상품의 초과 가치는 생산 과정에서 형성되는데 자본가는 그것이 유통과정에서 발생한다고 착각한다. 잉여가치의 실현 여부가 시장 조건에 달려 있기 때문

이다. 상품이 가치 이상이나 가치 이하로 판매되면 잉여가치의 분배 형태가 달라진다. 그러나 잉여가치의 분배가 변화하더라도 잉여가치의 크기나 속성은 변화하지 않는다.

47 일정 수의 노동자로 대표되는 일정량의 노동력이 일정량의 생산물, 예를 들어 하루치의 생산 물량을 생산하면서 기계와 원료 같은 일정량의 생산수단을 소비한다. 이때 노동자 일정 수와 생산수단 일정량의 비율, 다시 말하면 생산수단에 대상화된 노동과 산 노동의 비율을 자본의 기술적 구성이라 한다. 기술적 구성은 서로 다른 산업 현장에서도 비슷할 수 있으나 서로 다른 생산 영역에서는 상이하고 동일 산업 안의 서로 다른 부문에서도 상이하다. 기술적 구성은 유기적 구성의 근거가 된다. 가변자본을 단순한 노동력 지수라고 하고 불변자본을 노동력이 작동하는 생산수단량 지수라고 하면 다른 산업 부문에서도 기술적 구성이 같을 수 있다. 예를 들어 구리와 쇠의 제조 공정이 다 같이 일정한 생산수단량에 대해서 동일한 비율의 노동력을 사용할 수 있다. 그러나 구리가 쇠보다 비싸기 때문에 불변자본과 가변자본의 가치 관계는 다를 수밖에 없고 따라서 총자본의 가치 구성도 다를 수밖에 없다. 불변자본과 가변자본의 가치 관계

는 같은 기술적 구성에서도 다를 수 있으며 다른 기술적 구성에서도 같을 수 있다. 사용된 생산수단의 양과 노동력의 비율이 변화해도 가치의 역변화에 의해서 불변자본의 가치와 가변자본의 가치는 동일한 비율을 유지할 수 있다. 유기적 구성은 가치 변화를 반영한 불변자본과 가변자본의 비율이다.

48 가변자본에 대한 불변자본의 점진적인 성장은 일반 이윤율을 점진적으로 떨어뜨린다. 자본주의의 발전은 총자본에 대한 가변자본의 상대적 감소를 수반한다. 이것이 자본주의의 생산법칙이다. 노동력의 동일한 양이 동일한 기간에 증가하는 노동수단을 가동시킨다. 주어진 가치의 가변자본이 지속적으로 증가하는 가치의 불변자본을 소비한다. 동일한 수의 노동자가 증가하는 기계와 원료와 보조 원료를 사용한다. 불변자본에 대한 가변자본의 상대적 감소는 유기적 구성의 고도화를 의미한다. 사회적 자본의 유기적 구성이 높아지는 것은 사회적 노동생산성이 높아지는 것이다. 같은 기간에 동일한 수의 노동자가 증가하는 일반 고정자본으로 증가하는 원료와 보조 원료를 생산물로 전환한다.

49 노동인구의 수가 불변이고 노동일의 길이와 강도만 증가하

더라도 자본 투자량이 증가한다. 동일한 노동량을 고용하더라도 자본구성의 변화 때문에 더 많은 자본이 필요하게 되기 때문이다. 동일한 사회적 노동생산력의 발전이 한편으로는 이윤율이 떨어지는 경향을 보여주며 다른 한편으로는 이윤 또는 잉여가치량이 늘어나는 현상을 보여준다. 이윤율의 저하가 이윤량의 증가를 수반한다. 이윤율이 저하하는 속도보다 더 빠른 속도로 총자본이 증가하기 때문이다. 불변자본이 더욱 증가한 자본구성에서는 가변자본이 상대적으로 감소하더라도 증가한 불변자본을 사용하기 위하여 노동력을 증가시키지 않을 수 없다. 높은 자본구성에 비례하여 총자본이 증가하기 때문에 증가한 양의 노동력에서는 물론이고 동일한 양의 노동력에서도 더 많은 양의 자본이 요구된다.

50 새로운 생산방식이 생산적이어서 잉여가치를 증가시킨다 하더라도 이 방식이 이윤율을 떨어뜨린다면 자본가는 이 방식을 도입하려 하지 않을 것이다. 모든 새로운 생산방식은 상품의 가격을 내리기 때문에 처음 얼마 동안 자본가는 상품을 생산가격(불변자본+가변자본+잉여가치) 이상으로 판매할 수 있다. 그가 만든 상품의 생산가격은 다른 자본가가 만든 동일 제품의 시장가격과 비교할 때 유리한 판매 조건

을 가지고 있다. 다른 자본가들이 동일 제품에 그보다 높은 비용가격을 지출하기 때문이다. 새로운 방식의 생산은 동일 상품의 생산에 요구되는 사회적 평균 노동시간을 단축시킨다. 새로운 생산방식이 평균적 생산방식보다 우월하지만 경쟁이 새로운 생산방식을 일반화시켜서 이윤율은 결국 다시 평준화된다.

51 유통영역 내에서 구매와 판매로 분화되어 상품자본을 화폐자본으로 전환하고 화폐자본을 상품자본으로 전환하는 형태 변환이 재생산 과정의 한 국면을 형성한다. 유통자본의 기능은 생산자본의 기능과 다르다. 상품자본과 화폐자본은 동일한 유통자본이 분리되어 존재하는 자본 형태들이다. 사회적 총자본의 일부분은 시장에서 변형 과정을 거치면서 유통자본의 형태로 존재한다. 상품자본의 각 요소들은 시장에서 물러나서 새로운 생산물(제품의 부품)로 생산 과정에 복귀한다. 산업자본의 연속적 순환과정에서 상품자본의 존재와 형태 변환은 소멸에서 복귀로 이행하는 단계의 결절점이 된다.

52 유통과정은 전체 재생산 과정의 한 단계이다. 그러나 유통과정에서는 어떠한 가치도, 따라서 잉여가치도 생산되지

않는다. 유통과정에서 발생하는 것은 동일한 가치량의 형태 변환이다. 유통과정에서는 상품의 형태 변환 이외에 다른 어떤 일도 발생하지 않는다. 유통은 가치의 창조나 변화와 무관하다. 상품의 판매로 실현되는 잉여가치는 상품 속에 이미 존재한 잉여가치이다. 화폐자본과 상품자본을 교환하는 행위에서 구매자는 어떠한 잉여가치도 실현하지 않는다. 그는 생산수단과 노동력을 구매하여 잉여가치 생산의 조건을 만들 뿐이다. 유통기간은 잉여가치를 생산하지 않는 기간이지만 산업자본의 순환과정을 구성하는 국면들 가운데 하나이기 때문에 잉여가치의 창조를 제약하는 기간이라고 할 수 있다. 상업자본은 잉여가치를 창조하지 않는다. 상업자본의 직능은 유통기간의 단축에 기여함으로써 산업자본의 축적과 생산성을 촉진하는 데 있다. 유통영역에서 상인이 더 적은 화폐자본을 운영해야 생산자본이 증가할 것이다. 상업자본은 생산자본을 잠식한다. 그러나 상인이 유통기간을 단축시키면 선대 자본에 대한 잉여가치의 비율인 이윤율이 상승할 것이다. 이 경우에는 상업자본이 산업자본의 잉여가치 생산을 간접적으로 돕는다고 할 수 있다.

53 산업자본가의 이윤은 비용가격을 상회하는 상품 생산가격

의 초과분이다. 비용가격은 불변자본과 가변자본으로 구성되고 생산가격은 불변자본과 가변자본과 잉여가치로 구성되기 때문이다. 상품의 생산가격은 상인의 상품 구매가격이다. 상업이윤은 상품 생산가격을 상회하는 상품 판매가격의 초과분이다. 그러므로 상품의 실제 가격은 생산가격+상업이윤이 된다. 산업자본이 상품의 가치 안에 잉여가치로 이미 존재하는 이윤만을 실현할 수 있듯이 상업자본은 산업자본이 상품 전체에 부과한 가격 가운데 잉여가치가 완전히 실현되지 않고 남아 있는 부분을 이윤으로 취한다. 상인의 판매가격이 구매가격을 초과하는 이유는 판매가격이 총가치를 상회하기 때문이 아니라 구매가격이 총가치를 하회하기 때문이다. 상업자본은 잉여가치를 생산하는 데는 참여하지 않지만 잉여가치를 평균이윤으로 평준화하는 데는 참여한다. 상업자본 때문에 일반 이윤율은 산업자본의 이윤보다 낮게 결정된다.

54 유통의 대리인인 상인은 가치 또는 잉여가치를 생산하지 않으므로 그가 고용한 상업노동자도 잉여가치를 창조할 수 없다. 상업자본이 상품에 추가하는 부가가치는 산업자본에 이미 존재하는 가치를 분유하여 상품에 첨가한 것이다.

55 운송 수단의 발달은 상업자본의 평균 회전기간을 단축시키므로 일반 이윤율을 상승시킨다. 자본주의 생산의 발달로 더 적은 양의 상업자본이 동일한 상품량을 감당할 수 있게 된다. 상업자본의 회전이 빨라지고 그로 인해 상업자본의 재생산 과정도 빨라진다. 자본주의 생산양식이 발달하면 모든 생산이 상품 생산이 되며 또 모든 생산물이 유통대리인의 수중에 맡겨진다. 한편으로는 상업자본이 약화되며 다른 한편으로는 상업자본이 강화되는 것이다.

56 상업자본은 자본량에 대해 이윤량이 이미 정해져 있으므로 회전 수가 늘어난다고 해서 이윤이 증가하지 않는다. 1년에 한 번 회전해서 15퍼센트의 이윤이 상품 가격에 첨가되는 상업자본이 1년에 다섯 번 회전하게 된다면 한 번 회전할 때마다 3퍼센트의 이윤이 상품 가격에 첨가된다. 상업이윤의 총량은 변하지 않는다. 동일한 상업이윤율이 상이한 상업분야에서 회전기간에 따라 상이한 비율로 상품 구매가격과 상품 판매가격의 차이를 조정하게 한다.

57 유통과정에서 자본은 화폐 또는 상품으로 나타난다. 유통과정은 일련의 구매와 판매로 분해된다. 유통과정에서 상품은 형태를 변환한다. 우리가 재생산 과정을 전체로 관찰할 때

일정한 화폐액이 지출된 후 일정 기간이 지나면 증가된 화폐액이 되돌아오는 것을 볼 수 있다. 화폐액이 잉여가치와 함께 회수되는 것이다. 화폐는 스스로 가치를 보존하고 확대하는 자본이 된다. 대부자본은 화폐 낳는 화폐이다. 대부된 자본이 일정 기간 후에 증식분과 함께 회수된다. 자본은 동일한 과정을 반복해서 실행한다. 그러나 대부자본은 화폐나 상품으로 지출되지 않는다. 대부자본은 화폐로 선대되더라도 상품과 교환되지 않으며 상품으로 선대되더라도 화폐로 교환되지 않는다.

58 이자는 생산 과정과 무관한 자본 소유의 과일이고 이윤은 생산 과정에서 실행하는 자본 기능의 과일이다. 대부자본의 역할과 실행자본의 역할은 다르다. 이자는 자본의 소유자인 화폐자본가에게 흘러가고 이윤은 상품을 제조하는 기능자본가에게 흘러간다. 대부자본가는 생산 과정의 외부에서 자본 소유를 대표하고 기능자본가는 생산 과정의 내부에서 상품 생산을 대표한다. 자본이 생산한 이윤에 대해 대부자본가와 기능자본가는 상이한 법적 권리를 가지고 있다. 두 부류의 자본가는 상이한 법적 권리에 따라 총이윤을 배분한다.

59 자본주의 생산양식이 발전할수록 동일 면적의 토지에 자본

이 집적되며 에이커당 지대가 높아진다. 생산가격이 동일하며 토양 유형이 동일하며 자본 투자량이 동일하며 에이커당 지대가 동일하더라도 한 나라에서는 좁은 토지에 순차적으로 지출하고 다른 나라에서는 넓은 토지에 병렬적으로 지출하면 순차적으로 지출한 나라의 지대가 병렬적으로 지출한 나라의 지대보다 높다. 자연적 비옥도의 차이나 고용된 노동력의 차이가 아니라 집약경작과 조방경작이라는 자본 투자 방식의 차이가 지대의 크기를 결정한다.

60 전혀 비용이 들지 않는 자연적 요소들은 그것들이 생산 과정에 어떠한 역할을 했든지 자본의 구성요소가 될 수 없다. 그러나 그것들도 다른 모든 생산력들처럼 자본주의 생산양식하에서 자본의 생산력으로 기능한다. 자연력의 조력을 받아 생산한 상품이 수요를 충족한다면 비용이 들지 않는 자연력은 생산에 참여해도 가격결정에는 참여하지 않는다. 만일 자연력의 조력으로 공급할 수 있는 것보다 더 많은 양의 산출물이 수요된다면, 자연력의 조력 없이 인간의 노동력으로 생산한 추가 산출물은 자본에 참여한다.

61 차액지대는 사정이 다르다면 농부의 주머니에 들어가야 할 초과이윤을 토지 자산이 가로챈 것이다. 토지 자산은 초과

이윤과 아무런 관계가 없다. 그 초과이윤은 임차 기간 동안 농부에게 귀속되어야 했을 것이었다. 토지 자산은 상품 가격의 일부분인 초과이윤을 자본가로부터 지주에게로 이전한다. 생산가격이 시장가격을 규제하는데 초과이윤은 생산가격이 경쟁에 의해 결정된다는 사실에 기인한다. 초과이윤은 가격 상승의 원인이 아니다. 초과이윤은 가격의 일부분을 이 사람에게서 저 사람에게로 이전하게 한다. 초과이윤은 가격 이전의 원인이다. 생산가격밖에 보장하지 못하는 최열등지에는 지대가 부과될 수 없다. 지대를 생산하지 못하므로 아무도 최열등지를 빌려주려고 하지 않으며 임대하거나 임차하는 사람이 없는 최열등지는 경작되지 않고 방치된다. 만일 최열등지에도 지대가 부과된다면 토지 자산이 가격을 상승하게 하는 원인이라고 할 수 있을 것이다. 이 경우에는 토지 자산 자체가 지대를 창조했다고 할 수 있다.

62 차액지대는 서로 다른 토지들의 비옥도 차이나 동일한 토지에 대한 순차적 투자의 차이에 기인하는 지대이다. 토양 유형의 차이와 무관하고 자본 투자의 차이와 무관한 지대를 절대지대라고 한다. 생산가격을 상회하는 농산물 가치의 초과분이 존재한다는 사실만으로는 절대지대를 설명하는 데

충분하지 않다. 제조업의 생산물 가치는 생산가격보다 높을 경우에도 평균이윤을 상회하는 초과이윤이 발생하지 않는다. 제조업에는 지대로 전환할 수 있는 잉여 이윤이 없다. 생산가격의 존재와 생산가격에 내포된 일반 이윤율의 개념은 개별 상품들이 가치대로 판매되지 못한다는 사실에 근거한다. 상품의 가격은 상품가치의 균등화로부터 발생한다. 잉여가치는 개별 생산 영역에서 생산된 상품들에 체화된 가치량에 비례해서가 아니라 선대된 자본의 크기에 비례해서 분배된다. 자본가치가 평균이윤과 생산가격으로 대체된다. 경쟁이 총자본의 잉여가치 분배를 균등화한다. 자본은 항상 균등화의 장벽을 제거하려 한다. 초과이윤은 상품가치와 생산가격의 차이로부터가 아니라 개별 생산가격과 시장을 지배하는 일반 생산가격의 차이로부터 발생한다. 특정 생산 영역 내에서 얻어지는 초과이윤은 가치의 생산가격으로의 전형과 일반 이윤율을 전제한다. 그러나 사회적 총자본의 비례적 분배는 다양한 생산 영역들에서 끊임없이 변화한다. 사회적 총자본은 항상 투자 영역을 새롭게 배분한다. 자본은 다양한 생산 영역들 사이를 자유롭게 이동하며 한 영역에서 다른 영역으로 유입, 유출, 이전한다. 상품가치가 상품

가격보다 높거나 생산된 잉여가치가 평균이윤을 초과하는 생산 영역에서 가치를 생산가격으로 하락시키고 생산 영역의 초과 잉여가치를 모든 생산 영역에 비례적으로 분배하는 것은 자본의 경쟁이다. 일시적이고 우연적인 장벽 이외에는 모든 장벽이 제거되어야 이윤율이 평준화될 수 있다. 만일 장벽이 존재한다면 자본은 투자를 특정 영역에 제한하는 외력에 직면할 것이다. 잉여가치가 평균이윤율로 균등화되지 못하면 이 생산 영역에서 생산가격을 상회하는 상품가치의 초과분이 초과이윤을 낳게 될 것이다. 이 초과이윤은 지대로 전환될 것이고 지대를 이윤에서 분리된 자립적 존재로 독립시키기 위하여 토지 자산은 이윤에 외력을 가하고 평균이윤율의 실현을 가로막는 장벽을 쌓을 것이다. 토지 자산은 토지에 투자하려는 자본의 노력을 방해한다. 이 외력이 자본가에 대립하여 이윤의 일부를 수취하는 지주의 힘이다.

참고 문헌

1867년에 『자본론』 제1권이 나왔고 마르크스가 죽은(1883) 후 엥겔스가 유고를 정리하여 1885년에 제2권, 1894년에 제3권을 간행하였습니다. 그 이후 독일에서 나온 판본들 전부를 모은 메가(MEGA: *Marx Engels Gesamtausgabe*)판이라는 전집이 독일에서 나오고 있는데 이 메가판에는 『자본론』만 24권으로 편집되어 지금까지 나온 모든 판본과 미발간 초고와 인용문을 발췌한 노트와 부속 자료까지 망라되어 있습니다. 현재 20권이 발간되었는데 24권이 완간되면 『자본론』 판본 연구의 기초가 완성될 것입니다. 제가 가지고 있는 독일어판 『자본론』은 총 44권으로 발간된 마르크스 엥겔스 저작집(*Karl Marx Friedrich Engels Werke*) 23, 24, 25권으로 발간된 『자본론』(*Das Kapital*, Berlin: Dietz Verlag, 1975)입니다. 이 판본이 도서출판 길에서 나온(강신준 옮김) 『자본(I : 2009, II III: 2010)』의 대본입니다. 프랑스어 『자본론』 제1권은 1872년에서 1875년 사이에 분책으로 간행되었습니다. 보르도의 학교 교사 조제프 루아(Joseph Roy)가 1872년에 번역했는데 마르크스가 번역자로 추천하고 번역 원고를 직접 수정하고 출판사를 찾아 간행했습니다. 마르크스 자신이 독일어본과 상당히 다르게 수정하였기 때문에 프랑스에서는 이 판본을 마르크스가 지은 것이라고 간주하여 프랑스어판 『자본론』 제1권에 역자를 표시하지 않습니다. 프랑스어 『자본론』 초판의 간기는 다음과 같습니다. *Le Capital*, par Karl Marx, Traduction de M. J. Roy, entièrement revisée par l'auteur, Paris: Éditeurs, Maurice Lachatre et Compagnie, 1872-1875. 독일어 판본들과 노트 원고들을 평생 동안 철저하게 대교하고 1946년부터 논문을 발표하기 시작하여 1959년에 일단 판본연구를 마무리한 막시밀리앙 뤼벨(1905~1996)이 루아의 번역에 자세한 주석을 달아 새롭게 간행하고 II권과 III권도 새롭게 편찬하고 번역했는데 프랑스 사람들은 이 판본을 뤼벨판(*Le Capital*, Edition établie et annotée par Maximilien Rubel, Paris: Edition Gallimard)이라고 부릅니다. 뤼벨은 『자본론』 제2권과

제3권의 판본을 새롭게 확정하고 제2권은 자신이, 제3권은 자신과 자콥(Michael Jacob)과 부트(Suzanne Voute) 세 사람이 번역하여 1968년에 갈리마르 출판사에서 출간했습니다. 이 책의 874쪽에서 1488쪽까지가 『자본론』 제3권에 해당합니다. 루아가 번역한 『자본론』 제1권의 갈리마르판은 1965년에 나왔습니다. 갈리마르 출판사에서는 후에 이 『자본론』을 폴리오(Folio) 문고(Ⅰ2008, Ⅱ2014)로 간행했습니다. 영국 사람들은 독일이나 프랑스처럼 판본연구에 공을 들이는 것 같지는 않지만 연판 인쇄로 나온 최초의 영역본(*Capital*, trans Samuel Moore & Edward Aveling, London: Swan Sonnenschein Lowrey & Co. 1887)의 재판(1889)을 사진으로 찍어서 다시 출판했습니다(London: George Allen & Unwin, 1946). 우리가 쉽게 구할 수 있는 영역본은 펭귄 출판사에서 펭귄 클래식으로 간행한 『자본론』(Ⅰ1976: Ben Fowkes, Ⅱ1978 Ⅲ 1981: David Fernbach)입니다. 중국어판 『자본론』(北京: 人民出版社, 1975)은 일본어 용어들과 중국어 용어들을 비교해보는 데 도움이 됩니다. 2022년에 오키시오 노부오(置塩信雄, 1927~2003)의 『축적론』(筑摩書, 초판 1967, 재판 1976)이 영어로 번역(Nobuo Okishio, *The Theory of Accumulation*, Singapore: Springer)되었는데 저로서는 이해할 수 없는 내용이었지만 현대 계량경제학의 수

학 모델로 『자본론』을 재구성하였다는 느낌을 받았습니다. 앞으로 『자본론』 연구는 이런 방향으로 가게 될 것 같습니다. 그러나 전문 연구가들이야 어디로 가든 『자본론』을 교양서로 읽고 근대 역사 이해에 참고하겠다는 우리가 그들의 일에까지 상관할 필요는 없을 것입니다.

근대의 초상

초판 1쇄 인쇄 2023년 11월 20일
초판 1쇄 발행 2023년 11월 30일

지은이 김인환
펴낸이 김민정
책임편집 유성원
편집 김동휘 권현승
표지 디자인 한혜진
본문 디자인 김하얀
저작권 박지영 형소진 최은진 서연주 오서영
마케팅 정민호 박치우 한민아 이민경 박진희 정경주 정유선 김수인
브랜딩 함유지 함근아 고보미 박민재 김희숙 박다솔 조다현 정승민 배진성
제작 강신은 김동욱 이순호
제작처 더블비(인쇄) 신안문화사(제본)

펴낸곳 (주)난다
출판등록 2016년 8월 25일 제406-2016-000108호
주소 10881 경기도 파주시 회동길 210
전자우편 nandatoogo@gmail.com
페이스북 @nandaisart **인스타그램** @nandaisart
문의전화 031) 955-8865(편집) 031) 955-2689(마케팅) 031) 955-8855(팩스)

ISBN 979-11-91859-64-5 03810